Édouard Barlet

Recherches historiques sur la fabrication de la draperie en Belgique

Anatiposi

Édouard Barlet

Recherches historiques sur la fabrication de la draperie en Belgique

Réimpression inchangée de l'édition originale de 1859.

1ère édition 2023 | ISBN: 978-3-38273-924-9

Anatiposi Verlag est une marque de Outlook Verlagsgesellschaft mbH.

Verlag (Éditeur): Outlook Verlag GmbH, Zeilweg 44, 60439 Frankfurt, Deutschland
Vertretungsberechtigt (Représentant autorisé): E. Roepke, Zeilweg 44, 60439 Frankfurt, Deutschland
Druck (Imprimerie): Books on Demand GmbH, In de Tarpen 42, 22848 Norderstedt, Deutschland

RECHERCHES HISTORIQUES

SUR LA

FABRICATION DE LA DRAPERIE

EN BELGIQUE,

Par Ed. BARLET,

DOCTEUR EN PHILOSOPHIE ET LETTRES, PROFESSEUR A L'ÉCOLE
INDUSTRIELLE ET LITTÉRAIRE DE VERVIERS.

VERVIERS.
Imprimerie de J.-M. Thoumsin, graveur-lithographe,
rue de l'Harmonie, 44.

1859.

Le voyageur qui parcourt les environs de Verviers, ne peut manquer de remarquer sur sa route le nombre prodigieux d'usines se rattachant à la fabrication de la draperie; et s'il se reporte à l'origine de cette industrie en Belgique, alors qu'elle se formait dans la Flandre, il doit s'étonner de la voir localisée actuellement dans la province de Liége. Rechercher les causes de ces déplacements, faire l'historique d'une branche de travail qui a procuré le plus de gloire et de richesses à notre pays, nous a semblé digne d'intéresser nos concitoyens, et nous avons entrepris cet essai sur la fabrication de la draperie en Belgique.

Que l'on veuille bien tenir compte de la bonne intention de l'auteur, désireux de faire connaître une industrie à laquelle tant d'industriels et de travailleurs consacrent les efforts de leur intelligence et de leurs bras, et qui a fait resplendir le nom de Verviers au milieu des nations civilisées, à Londres et à Paris.

La plupart des faits contenus dans cette notice, sont extraits de notre *Essai sur l'Histoire du Commerce et de l'Industrie de la Belgique;* nous les avons coordonnés et reliés, nous y avons ajouté des faits et des renseignements nouveaux, surtout pour les derniers siècles de notre histoire. Nous offrons cet essai, tel qu'il est, à la curiosité bienveillante des industriels verviétois, comme à tous ceux qui se glorifient d'appartenir à la laborieuse et industrielle Belgique.

RECHERCHES HISTORIQUES

SUR LA

FABRICATION DE LA DRAPERIE EN BELGIQUE.

Il est impossible de déterminer le moment précis qui vit naître la Fabrication de la Draperie en Belgique; des renseignements certains prouvent cependant qu'elle y existait à une époque fort reculée : peut-être y fut-elle introduite à la suite de migrations, comme il arriva pour le tissage du lin et d'autres arts importants. Les Druides, dont le costume nous est connu, portaient déjà des vêtements de laine, quoique l'on ne sache pas quel était le mode de fabrication de ces tissus, ni d'où ils provenaient. Avant l'arrivée de Jules-César en Belgique, les ouvrages de laine des Ménapiens étaient fort renommés, et ce peuple avait l'art de les teindre en plusieurs couleurs.

Peu après la conquête de notre pays par les armes romaines, les Atrébates, qui en faisaient alors partie, étaient connus au loin par la fabrication de leurs étoffes de laine, comme le tissage du lin avait contribué à donner du renom aux autres habitants de la côte. Parmi les manufactures impériales, destinées surtout à fournir les étoffes nécessaires à l'équipement des armées, celle de Tournai avait acquis une grande importance et expédiait ses produits dans tous les pays dont Rome avait procuré l'accès à ses peuples sujets.

Arrêtée un moment par les maux inséparables de la conquête, cette industrie se développa sous la domination quatre fois séculaire des vainqueurs du monde, grâce aux marchés considérables qu'ils lui ouvrirent. Après l'invasion des Francs, l'irruption désordonnée des Barbares paralysa de nouveau les efforts industriels des Belges, dans leur marche progressive. Il paraît cependant que, du VIe au VIIe siècle, Louvain et Anvers étaient déjà des villes assez remarquables, dont la navigation et le tissage des étoffes de laine avaient fondé la prospérité. L'histoire cite, vers l'an 655, une caravane de marchands belges, partis des bords de la Senne, pour trafiquer chez les peuples Slaves qui habitaient la vallée du Danube. A cette époque, on se servait encore exclusivement de la laine du pays, qui s'y trouvait en abondance.

Avec Baudouin III qui, par ses mesures administratives, mérita d'être appelé le fondateur du commerce de la Flandre, la fabrication de la Draperie prit un plus rapide essor. C'est à lui qu'on attribue, outre l'institution de plusieurs foires, l'introduction en Flandre de l'industrie du tissage, en faveur de laquelle il fit un appel à des tisserands et à des foulons allemands, quoique cette fabrication fût déjà connue antérieurement en Belgique (958-961). D'un autre côté, dans le duché de Brabant, la Draperie commençait réellement à fleurir à Louvain, à cette même époque.

Cette industrie n'en était encore qu'à son début, pour ainsi dire, et déjà sa réputation était immense. Plusieurs évènements ou institutions importantes contribuèrent puissamment à l'étendre davantage. Telles furent les croisades qui mirent des peuples divers en contact et firent connaître leurs procédés réciproques de fabrication. Les Belges étaient réputés partout pour des hommes laborieux et expérimentés, et on recourait souvent à eux pour construire des métiers à l'étranger. Sous le règne

de Henri Iᵉʳ d'Angleterre, en 1111, des tisserands flamands s'établirent aux environs de Newton, dans le comté
de Pembroke; le roi Henri II, en 1189, accueillit dans ce
pays des ouvriers drapiers de Flandre, qui se fixèrent
près de Swansea, dans le pays de Galles; d'autres avaient
fondé une colonie à Wonsted, village du comté de Nor-
folk. Les Belges offrent à l'Europe et à tout le monde
connu leur laine et leurs draps, leurs débouchés se mul-
tiplient, et c'est de cette époque que date la grande prospérité de la Flandre. A partir du XIIᵉ siècle, les manufactures de draps de la Flandre prennent une extension
qu'elles ont su garder bien longtemps, et cette province
employait seule toute la laine que produisait l'Angleterre :
le transport de ces matières premières se faisait, au
Xᵉ siècle, au moyen de petites barques, les Belges ne
possédant pas encore de marine marchande; ils commencèrent à en avoir une vers le milieu du douzième.

On prétend que les habitants de Verviers commencèrent
à travailler la laine et à fabriquer le drap dès le douzième
siècle; ce ne fut cependant que dans le quatorzième que
cette industrie prit quelque consistance. Vers 1430, il y
avait également des manufactures importantes à Liége,
Huy, Tongres, Maestricht, Looz, etc.; et on vit même
un fabricant de draps occuper jusqu'à cinq cents ouvriers
à Liége.

Au XIIIᵉ siècle, la Flandre était un pays si prospère,
que la Hanse résolut d'y établir un de ses quatre comptoirs : ce fut Bruges, et même la Flandre tout entière,
qui demeura jusqu'au XIVᵉ siècle, le centre le plus important du commerce hanséatique, et cela, grâce à sa position avantageuse entre le nord et le midi de l'Europe.
Cette vaste association de marchands avait pour but,
non-seulement de protéger ses membres contre les bri-

gands, les voleurs et les pirates qui infestaient la terre et
la mer, mais encore de créer des monopoles en se char-
geant de tout le commerce extérieur. Désormais, il fallut
toujours passer par l'intermédiaire des Hanséates, pour
expédier ses produits en Angleterre, en Allemagne, ou
dans les autres pays. Le commerce des étrangers avec la
Norwége se faisait aussi par de petites Sociétés particulières qui y envoyaient des tissus de laine, des draps fins
de Flandre et de gros draps d'Allemagne : Wisby était
l'entrepôt des draps d'Ypres, de Poperinghe, de Tournai,
de Bruges, et les répandait en Suède, en Norwége, dans
tous les ports de la Baltique et de la mer du nord. La laine
anglaise était apportée et vendue au plus bas prix possible
par les Hanséates aux fabricants flamands; les draps de
Flandre ne pouvaient s'expédier en Allemagne et dans les
Etats du Nord-Est de l'Europe, que par l'entremise des
Hanséates, de même que les négociants allemands ne
pouvaient envoyer directement leurs marchandises aux
négociants belges, sans recourir aux facteurs et aux
comptoristes résidant à Bruges. On comprend combien
ces entraves devaient gêner le commerce belge, qui avait
fondé sa prospérité sur une sage liberté : la protection
qu'on lui accordait sur terre et sur mer était loin de com-
penser le mal que lui faisait le monopole des Hanséates;
aussi battit-il énergiquement en brèche ce système funeste
à ses intérêts.

Pour faciliter la vente, les souverains belges insti-
tuèrent des foires qui jouissaient de certains priviléges
et par là même attiraient une foule d'acheteurs et de
vendeurs : la draperie y occupait presque toujours le
premier rang. Dans l'ordonnance de Guy de Dampierre,
datée de l'an 1290, relative à la foire de Thourout, la
plus renommée et la plus fréquentée de la Belgique, on

voit cette disposition répétée dans la plupart des autres :
« Huit jours avant et huit jours après la foire de Thourout, il est défendu de vendre aucune pièce de drap
entière dans une ville de Flandre , ailleurs qu'en foire.
Cependant les habitants d'une ville peuvent librement
vendre et acheter entre eux la draperie manufacturée
dans leur cité. »

Un marché et une foire franche furent établis à Liége,
en 1534, dans le but de donner plus d'extension au
commerce des draps : le marché se tenait tous les mer-
credis, et la foire le 7 novembre. Les hérétiques et les
ennemis du pays en étaient seuls exclus. Le prince
George d'Autriche en octroya aux marchands de Verviers,
en 1545.

Enfin, la création des corps de métiers, qui date du
commencement du treizième siècle, fit aussi réaliser des
progrès à l'industrie drapière, comme aux autres. Le but
de cette institution était d'empêcher qu'on ne livrât au
commerce des produits mal confectionnés; et comme les
procédés de fabrication se transmettaient de père en fils,
il n'est pas étonnant que l'on arrivât à de magnifiques
résultats. Pour qu'une pièce de drap pût être exposée en
vente, il fallait qu'elle portât le cachet de la commune, et
si elle ne répondait pas aux prescriptions, on la coupait
en différents endroits : l'acheteur savait ce que cela voulait dire. C'est là le bon côté des corporations, mais elles
entravèrent plus tard l'essor de l'industrie, grâce aux nombreux abus qui s'introduisirent dans l'institution. Dès le
principe, elle contenait un germe funeste, c'est sa ten-
dance au monopole. On ne pouvait primitivement exercer
le métier de tisserand que dans les villes franches; ainsi,
les bourgeois de Gand seuls avaient le droit d'exercer un
métier dans le rayon d'une lieue autour de la ville : en

1296, ce rayon fut étendu à trois lieues en faveur des tisserands. Pendant quelque temps, on ne tint plus compte de cette défense, lorsqu'en 1342, Louis de Crécy, à la demande de Gand, de Bruges et d'Ypres, la remit en vigueur. Ceux d'Ypres obtinrent le même privilége que ceux de Gand (1323). Jean III, duc de Brabant, défendit, en 1333, la Draperie dans tous les villages de la Campine. En 1321, le seigneur de Bréda enleva à ses sujets la faculté de s'adonner à la fabrication des laines hors des murs de cette ville, et l'ordonnance fut confirmée par Jean III, en 1331. Les villages avoisinant Anvers ne pouvaient exercer aucun des métiers de cette ville : des édits du 10 Novembre 1685 et du 6 Juin 1687 ordonnèrent la destruction des métiers à tisser établis dans ces localités. Outre le monopole de vente et de fabrication, la corporation jouissait de certains priviléges particuliers, dont voici des exemples : les tisserands du diocèse de Gand pouvaient travailler le dimanche et les jours fériés ; à Malines, la corporation des lainiers avait obtenu le privilége de faire exercer, par son doyen, des visites domiciliaires et des perquisitions, partout où l'on s'adonnait à ce métier ; le tisserand qui avait travaillé en Angleterre, à Malines, à Ypres, ou dans d'autres lieux, ne pouvait se remettre à l'ouvrage à Bruxelles qu'après avoir prouvé qu'il ne laissait pas de dettes dans la ville qu'il quittait.

A côté des corps de métiers proprement dits, il faut citer une institution particulière dont l'influence fut grande dans les opérations industrielles et commerciales, ce sont les gildes de la draperie. En Flandre comme en Brabant, l'industrie drapière avait une grande prépondérance sur les autres et attribuait à ceux qui s'y livraient une influence considérable sur l'élément populaire : ils formaient une sorte de haute bourgeoisie. A Louvain et à

Bruxelles, ces industriels se réunirent en une corporation, à laquelle ils donnèrent le nom de Gilde de la Draperie, et dont ils exclurent les simples artisans, ceux qu'on appelait les *hommes aux mains sales*. Les ouvriers qui avaient acquis quelque aisance pouvaient cependant y être admis, à condition qu'il se fût écoulé un an et un jour entre le *travail qui avait sali les mains* et l'incorporation dans la Gilde. Cette institution remonte probablement à l'année 1215 et fut placée à Bruxelles sous l'invocation de la Vierge-Marie et de St-George.

La direction suprême de la Gilde de Bruxelles appartenait à deux doyens et à huit membres que l'on appelait tout simplement les Huit de la Gilde. Tous les métiers inférieurs, qui se rattachaient à l'industrie drapière, ceux des foulons, des tondeurs, des blanchisseurs, des teinturiers, étaient soumis à leur tribunal et devaient exécuter leurs ordres. Les fonctions de ce corps étaient de veiller à l'importation des laines et de toutes les matières nécessaires à la préparation des étoffes, que l'on tirait d'Angleterre ou d'Irlande; c'était lui qui se chargeait d'envoyer en toute sûreté en France, en Allemagne, en Lombardie, les produits de son industrie; qui s'occupait de la navigation, des moyens de communication, de l'armement des vaisseaux, du change des monnaies, de toutes les opérations, enfin, qui étaient relatives au commerce, et en particulier à l'industrie drapière.

Le treizième siècle jette sur la Belgique un immense éclat. C'est l'époque où commencent les grandes entreprises, où s'ouvrent les débouchés lointains, où se perfectionnent les voies de communication. Baudouin IX, parti pour la Palestine, s'empare de Constantinople et en fait comme une colonie de la Belgique. Dès lors, les voyages vers ces contrées deviennent plus fréquents, des rapports intimes et directs s'établissent avec les Portugais, les Vénitiens et les Arabes; toutes les côtes de l'Europe et de l'Asie occidentale sont visitées par des Belges qui y exportent leurs richesses. Grâce à ces nombreux débouchés, la fabrication de la draperie devient de plus en plus importante et se répand dans le pays : c'est l'apogée de sa fabrication en Belgique, qui recevait en abondance des laines d'Angleterre.

Si l'on en croit une chronique de ce temps, l'industrie flamande jouissait d'une réputation si grande, que de toutes les contrées du monde connu alors, on venait, en Flandre, s'approvisionner d'étoffes propres aux vêtements, et, quoiqu'elle ne dise pas quels étaient ces tissus, on peut supposer qu'il s'agit de la draperie dont cette province était alors un des plus grands centres de fabrication. Le besoin de s'affranchir de la dépendance étrangère pour se procurer certaines matières premières nécessaires à leur industrie, rendit les Flamands industrieux et leur apprit à transporter chez eux les produits des contrées étrangères : dès le treizième siècle, ils cultivaient en abondance la garance et la gaude qui servaient à la teinture des draps; ils apprirent aussi des Vénitiens, des Génois et des Pisans, l'art de broder les étoffes de laine et de soie en or et en argent. La draperie occupait alors presque exclusivement la population de Poperinghe, de Menin, de Furnes, Renaix, Wastene, Messine, Termonde; dès l'an 1293, cette industrie enrichissait encore Tournay, et Wervick s'adonnait spécialement à la teinturerie.

Au milieu de ce siècle, Ypres comptait 200,000 habitants, et à raison de cette population, le pape Innocent IV permit d'y moudre le blé les jours de fête (Bulle du 11 des calendes de Juin 1246).

Les comtes de Flandre, de leur côté, mirent tout en

œuvre pour assurer la prospérité de cette industrie. Par deux actes datés de l'an 1224 et de l'an 1225, la comtesse Jeanne promit de grands avantages aux tisserands étrangers qui consentiraient à transporter leur industrie à Courtrai. Les ordonnances de Guy de Dampierre, de l'an 1280, suivies de la concession de nouveaux priviléges en 1287, contribuèrent puissamment à l'essor de la draperie. Elle avait cependant beaucoup souffert, en 1274, de la défense faite par Edouard d'Angleterre, d'exporter les laines; après bien des réclamations, il leva la prohibition en 1276, et permit à ceux de Flandre de venir acheter les laines en Angleterre, aux mêmes conditions que les Anglais et que les Lombards qui jouissaient déjà de cette faveur.

Le travail des laines était connu dès le onzième siècle, dans le Hainaut, et paraît en avoir été la principale branche d'industrie. La nécessité d'aller s'approvisionner de matières premières en Angleterre, excita quelque peu le commerce extérieur de cette province. Des chartes du treizième siècle nous prouvent que l'industrie drapière existait dans la partie occidentale du Hainaut : les gros tissus, connus sous le nom de *verd de Cambray,* étaient exportés jusqu'en Toscane et y servaient à vêtir les classes bourgeoises.

Il est probable que les manufactures du duché de Luxembourg, livré tout entier au régime féodal, n'étaient pas fort nombreuses, et que, si une industrie pouvait y fleurir, ce devait être celle des laines, vu l'abondance des moutons.

Dans le Limbourg, c'est à Waleran III, dernier duc de ce pays, que l'on fait remonter l'origine de la draperie, industrie à laquelle il donna tous ses soins (1248).

Le commerce et l'industrie ne pénètrent dans le duché

de Brabant que dans les premières années du treizième siècle, peut-on dire, par l'impulsion que lui avait communiquée la Flandre, mais dès l'abord ils firent concevoir quelques espérances de succès. Grâce aux priviléges que les ducs leur octroyèrent, les villes de cette province purent bientôt rivaliser avec les antiques cités flamandes.

En 1276, Edouard d'Angleterre permit aux Brabançons, comme aux Flamands, de venir acheter les laines anglaises dans son pays, aux mêmes conditions que les Anglais, et la fabrication dans cette province était telle, qu'elle envoyait sa laine, ses draps à toute l'Europe, à tout le monde connu, ou à tous les pays avec lesquels il était possible de faire des transactions, surtout avec l'Italie et le Levant. Jean Ier fit beaucoup pour l'industrie drapière : outre la concession de nombreux priviléges, il céda à la ville de Louvain, en 1290, la balance à la laine, établit une halle aux draps, sa propriété, à Bruxelles, et envoya également à Anvers des lettres relatives à sa halle.

Les manufactures de draps et de toiles occupaient une multitude innombrable de personnes dans le duché de Brabant. Les troubles fréquents qui agitaient Gand et Bruges, avaient forcé un grand nombre d'ouvriers de s'expatrier et de transporter à Bruxelles et à Louvain leurs arts et leur industrie, qui demandaient à se déployer sous l'égide de la paix et au sein de la tranquillité. En 1266, on comptait à Louvain et aux environs plus de 2,000 métiers à tisser; bientôt les draps que l'on y fabriquait jouirent de la plus haute estime dans les pays étrangers. Les marchands de Louvain, dont les draps écarlates étaient fort recherchés, parcouraient la France, l'Angleterre, la Hollande et une partie de l'Allemagne. La ville de Bruxelles, où la draperie était au treizième siècle dans l'état le plus florissant, envoyait beaucoup d'étoffes

aux grandes foires de Champagne et de Brie, d'où elles
se répandaient dans le reste de la France et jusqu'en Italie. Cette industrie occupait, dans le Brabant, non-seulement les ouvriers proprement dits, mais encore les
membres de la noblesse communale organisés en gildes.
De riches habitants de Louvain mettaient leurs capitaux
à la disposition des fabricants, achetaient et vendaient
les produits manufacturés de leur ville, sans s'occuper
eux-mêmes de la fabrication des draps. C'est de là que
cette industrie se répandit dans les cités voisines, Diest,
Tirlemont, St-Trond. Les draps d'Anvers et ses autres
ouvrages en laine avaient une réputation également considérable ; à Malines, la draperie occupait aussi une foule
de bras ; les Frères-Bégards étaient établis à Aerschot,
en 1285, et s'adonnaient au travail des laines ; Gavre
enfin avait acquis une certaine importance, avant le quatorzième siècle, par sa halle aux draps.

La fabrication de la draperie fut à son apogée pendant
le treizième siècle et la première moitié du quatorzième,
mais alors commence une période de décadence, ou
plutôt un temps d'arrêt. Le quatorzième siècle est
l'époque où les communes belges montrent la plus grande
indépendance et font les efforts les plus hardis pour arracher à leurs souverains d'importants priviléges. Fières de
leurs richesses et de leur puissance politique, elles
devinrent querelleuses, turbulentes et se laissèrent aller
à un funeste orgueil. Louvain et Bruxelles, Gand et
Bruges, Audenaerde, Ypres et Tournai furent surtout en
proie au démon de la discorde. Plus d'une ville trouva
sa ruine au milieu de ses plus beaux rêves d'ambition et
de suprématie ; mais tandis que l'une déclinait, plus loin
une autre héritait de sa prospérité et s'accroissait insensiblement, de sorte que le bien-être général du pays et

sa supériorité industrielle et commerciale n'en parurent pas trop souffrir. L'histoire rapporte les sanglantes divisions des provinces belges, la fatale rivalité des villes, les violents démêlés des corporations, les passions désordonnées qu'excitaient les intérêts commerciaux et dans lesquelles s'abîmèrent les intérêts commerciaux eux-mêmes : tous ces évènements présageaient une décadence imminente, dont cette époque fiévreuse et énivrée d'elle-même ne voyait pas les signes avant-coureurs.

C'est cependant à cette même époque que fut élevé le plus grand nombre d'Hôtels-de-Ville, de Bourses de commerce et de Halles ; on creusa des canaux, on construisit des digues, on dota les villes et les corporations de nombreux priviléges. Tous ces avantages, en augmentant la richesse et la prospérité des communes, et en les rendant redoutables au-dehors, amenèrent bientôt à l'intérieur des dissensions qui furent pour plusieurs d'entre elles une cause de ruine. Il semble que les richesses aient introduit à cette époque des sentiments d'égoïsme dignes des plus fameux temps de la féodalité : ainsi, les trois bonnes villes de Flandre prétendent se réserver le monopole de la fabrication des draps ; Ypres soupçonne Poperinghe de contrefaire ses étoffes : chaque fois on court aux armes, on assiége et on pille. La Belgique était en pleine voie de dissolution et de décadence, lorsque le pouvoir centralisateur et fort des ducs de Bourgogne vint ramener l'ordre et l'unité !

Au commencement du siècle, Robert de Béthune ne négligea rien pour assurer la prospérité du commerce et de l'industrie de la Flandre. Non-seulement il conclut différents traités, qui étendirent le commerce extérieur des Belges, mais il s'engagea à prendre, sous sa protection spéciale, le dépôt des laines anglaises à Bruges, ce qui était important pour une des principales industries de la Flandre.

Avec Louis de Crécy commence une série de plusieurs règnes de princes plus ou moins attachés à la France, et par conséquent ennemis de l'Angleterre : cette politique était directement contraire aux intérêts commerciaux du pays, car c'était de l'Angleterre qu'il tirait la plupart des matières premières nécessaires à la fabrication de la draperie ; aussi cette conduite irréfléchie fut-elle la cause des malheureux évènements qui ont rendu cette époque si célèbre. Louis de Crécy prit cependant quelques mesures favorables aux fabricants de draps, mesures qui ne seraient plus admissibles de nos jours. Il accorda, entre autres choses, le droit d'étape à la ville de Bruges, défendant toute étape de draps à l'écluse, toute fabrication de ces tissus ou tout métier s'y rattachant (1323) ; il défendit encore, en faveur d'Ypres, de s'adonner à la draperie dans un rayon de trois lieues autour de cette ville, sous peine de cinquante livres d'amende et de la confiscation des draps, outils et autres instruments du métier : Ypres fut chargé de l'exécution de ce décret (1322).

Dans ses démêlés avec la France, au sujet de la possession de cette couronne, Edouard III d'Angleterre avait défendu l'exportation des laines pour punir la Flandre qui lui refusait son appui, et il soutint cette prohibition au moyen d'une flotte envoyée en croisière sur les côtes. Pour la forcer plus efficacement à se déclarer en sa faveur, il conclut avec le Brabant un traité par lequel les manufacturiers de ce duché purent s'approvisionner de matières premières à l'entrepôt de Dordrecht. Au reste, Edouard en agissait ainsi par système de représailles : le comte de Flandre, allié de la France, avait équipé des bâtiments pour courir sus aux navires anglais qui visitaient les côtes de son pays; pour se venger, le roi d'Angleterre défendit l'exportation des laines pour les fabricants de ce comté. Dès ce moment, la principale industrie des Flamands tomba rapidement, et les ouvriers privés de travail furent réduits à la plus affreuse misère. Les villes manufacturières du comté penchaient sans doute pour l'alliance anglaise qui satisfaisait à tous leurs intérêts, mais elles étaient retenues par leurs engagements avec le roi de France, le comte et le pape d'Avignon. C'est dans ces circonstances critiques que parut Jacques d'Artevelde, dont la première partie de la carrière montra ouvertement les intentions pures et honnêtes, qui travailla à sauver le commerce de son pays, mais qui ne laissa plus aussi bien pénétrer ses projets vers la fin de sa vie et qui mérita par cela même la haine de ses compatriotes, comme le blâme d'une foule d'historiens.

Si l'on tient compte de la situation où se trouvaient les Flamands, entre la France et l'Angleterre, on ne peut qu'approuver le système de neutralité que proposa le tribun populaire : la suite des évènements prouva que telle était la seule ligne de conduite à tenir. Dès l'an 1340, Edouard renouvela tous les traités de commerce précédemment conclus avec la Flandre et y ajouta de nouvelles dispositions fort avantageuses pour elle. Les laines anglaises reprirent le chemin de ses manufactures, qui dès lors se ranimèrent et retrouvèrent leur ancienne prospérité.

Tout semblait être pour le mieux, quand les prétentions exagérées des trois bonnes villes, Gand, Bruges et Ypres, vinrent compromettre la renaissance de l'industrie. Fières du grand rôle qu'elles avaient joué dans les derniers évènements politiques, elles se crurent assez fortes pour réclamer le monopole de la fabrication des draps : c'était menacer de ruine un grand nombre de localités qui n'avaient d'autre ressource que cette industrie. D'Artevelde s'y opposa et s'attira un commencement de haine de la part de ces trois villes, qui se rendirent auprès du comte et lui promirent de replacer la Flandre sous son obéissance, s'il consentait à leur accorder ce privilége. Elles en reçurent bon accueil, quoique Louis ne leur fît qu'une promesse vague, qu'elles considérèrent cependant comme positive.

Les villes lésées ne tardèrent pas à se révolter contre cette mesure inique et augmentèrent les embarras de d'Artevelde : comme ruwaert, il était obligé de comprimer la sédition des villes, dont il partageait d'ailleurs la haine contre le monopole, de sorte qu'il mécontenta les deux partis et s'en vit bientôt repoussé et enfin abandonné. Entretemps, les habitants d'Ypres, s'appuyant sur leur privilége, voulurent forcer ceux de Langemark et de Poperinghe à renoncer à l'industrie drapière, et sur le refus de ces villes, ils ravagèrent et ruinèrent la dernière. Termonde s'opposait également à reconnaître le monopole que s'attribuaient les Gantois : grâce à l'intervention du duc de Brabant, les habitants de Termonde purent continuer à fabriquer du drap de cinq quarts de large, pourvu qu'il y eût un envers. Voilà bien une idée de l'époque !

Au milieu de ses préoccupations politiques, d'Artevelde n'oubliait pas les intérêts de l'industrie flamande. Dans le traité d'alliance qu'il conclut avec Edouard III, figure une clause portant qu'Edouard fournirait aux villes de Flandre 20,000 balles de laine, quelles que fussent les dispositions du comte à l'égard de l'Angleterre.

On connaît la suite des évènements politiques qui rendirent les règnes de Louis de Crécy et de Louis de Mâle si tristement célèbres. C'est de cette époque que date la ruine de plusieurs importantes cités flamandes, de Bruges (1382), entre autres, ét d'Ypres. En 1385, les Gantois, aidés cette fois des Anglais jaloux de la concurrence que leur faisait subir le commerce de laines d'Ypres, vinrent assiéger cette ville dont les artisans s'enfuirent, réduisant ainsi à 81,000 habitants la population d'une ville qui, en 1246, en comptait 200,000.

Malgré ces agitations intestines, le commerce extérieur et l'industrie ne cessèrent pas de prendre quelques développements nouveaux. La réputation manufacturière que les Flamands avaient acquise dans les siècles passés engagea Edouard III, en 1331, à employer les moyens les plus séduisants pour attirer en Angleterre des manufacturiers de Flandre : les corporations de Londres, de Bristol et d'autres cités, entravées dans leurs tendances au monopole, firent éprouver toutes sortes d'avanies aux nouveaux venus, mais le roi les prit sous sa protection et décréta que quiconque se permettrait d'insulter les tisserands flamands, serait conduit à Newgate pour y subir les peines les plus sévères. Un bill du Parlement tenu à York renouvela les assurances d'aide et de protection aux étrangers. La Saxe et la Wetteravie recrutèrent aussi d'habiles ouvriers parmi nos tisserands et c'est à eux qu'elles durent la prospérité de leurs manufactures. Un ouvrier belge établit à Géra (Saxe) des fabriques d'étoffes de laine pure et de laine mêlée de soie.

Les relations de la Flandre avec l'étranger continuaient à s'étendre : pendant ce siècle et le suivant, les cités italiennes exportaient de la France et de la Flandre environ 10,000 pièces de drap par an, pour les teindre et les apprêter. Partout les villes de la Flandre avaient tâché d'établir des garanties pour leur commerce et d'obtenir des avantages spéciaux sur les marchés, en concluant des traités de commerce avec la plupart des peuples de l'Europe.

Aussi la Flandre, pendant ce siècle, maintint-elle sa supériorité industrielle, malgré les troubles qui agitèrent fréquemment ses villes. Telle était l'importance de l'industrie drapière, que les manufacturiers flamands recevaient de l'Angleterre 50,000 ballots de laine par an, sans compter celles qu'ils tiraient de l'Espagne et du pays même. Gand comptait jusqu'à 40,000 métiers pour la fabrication des draps et des toiles; Ypres employait 4,000 métiers pour la draperie et n'était pas moins célèbre par sa teinturerie : ses produits, répandus partout, jouissaient d'une grande estime et Alphonse IX de Castille en faisait le plus bel éloge : cette ville était exempte de droits dans plusieurs localités. Menin, Furnes, Renaix, Termonde possédaient des fabriques très-animées; Wervick continuait à fleurir par ses teintureries; Tournai s'enrichissait par ses manufactures de serges, Courtrai par ses draps; les serges et les saies de Honscott étaient fort connues, et Louis de Mâle accorda des lettres pour la marque de ces étoffes, en 1325; enfin Poperinghe fabriquait des draps et du velours.

Le quatorzième siècle fut signalé dans le Brabant par autant d'émeutes, de guerres et de dissensions que dans la Flandre. Chaque ville eut à son tour ses jours d'agitation et de troubles : après Anvers, ce fut Malines, puis Bois-le-Duc et Louvain. Mais si l'industrie en souffrit, elle ne fut pas anéantie, et eut même assez de vigueur pour fonder la prospérité de quelques villes. Dans le but égoïste d'augmenter ses revenus, Edouard II avait contrarié le commerce du royaume d'Angleterre, en établissant un entrepôt de laines anglaises à Anvers, faveur dont cette ville sut tirer un parti avantageux. Ce fut

encore Anvers qu'Edouard II choisit pour étape de l'Angleterre (1309). Sous Edouard III, Calais eut les droits
d'étape pour les laines depuis 1344, et depuis 1348 pour
la draperie. D'un autre côté, Malines reçut du duc Jean II
et de son seigneur Berthoud, divers octrois touchant les
ouvrages en laine et sa halle aux draps. Ce fut surtout
sous Jean III, dont les bonnes relations avec Edouard III
amenèrent de grandes conséquences pour le Brabant en
général, que se manifesta le développement du négoce
d'Anvers.

L'industrie des draps prit un vaste essor sous son gouvernement. Ce fut lui qui obtint d'Edouard III, pour les
manufacturiers brabançons, l'autorisation de s'approvisionner de laines et des matières nécessaires pour la fabrication des draps, à l'entrepôt de Dordrecht, tandis que
les villes flamandes étaient privées de cet avantage. En
outre, pendant le séjour qu'il fit à Anvers, en 1338,
Edouard accorda aux marchands du Brabant, le privilége
de ne payer sur chaque sac de laine qu'ils exporteraient
d'Angleterre, que 40 sols et 40 deniers sterling, c'est-à-
dire 40 deniers seulement de plus que les marchands
anglais. Ceux des autres pays devaient payer 60 sols.

Le règne de Jeanne et Wenceslas fut troublé par de
graves dissensions, et c'est de cette époque que date la
décadence de quelques grandes cités brabançonnes, surtout de Louvain, après que cette ville eut été ensanglan-
tée par les menées révolutionnaires de Pierre Couterel.
Juste-Lipse assure qu'en 1360, Louvain avait de 3 à
4,000 fabriques ou métiers à drap, qui employaient chacun 30 à 40 ouvriers, soit 120,000, en prenant le chiffre
le plus bas : elle faisait de nombreux envois aux foires
de Francfort, de Paris et de Londres, et la communauté
des ouvriers en laine y était si puissante, qu'elle obtint

une juridiction particulière administrée par huit doyens, et une halle aux draps (1317). Parmi les usages qui concouraient à donner de l'activité à la production, on doit citer cet ancien règlement de Louvain qui voulait que tout bourgeois fît tisser au moins une pièce de drap par an, pour lui et pour les siens : aussi le proverbe disait-il que les patriciens sortaient d'un sac de laine. Cette prospérité fit défaut après ce déchaînement des passions populaires que Pierre Couterel sut si bien exciter : la population ouvrière quitta cette ville déchue, et un grand nombre de tisserands, séduits par les faveurs qu'on leur offrait, allèrent porter leur industrie en Angleterre; dès lors, Louvain ne se releva plus (1382). Mais à cette époque encore, les draps de cette ville, comme ceux de Bruxelles, de Malines et de Lierre étaient fort recherchés. Bruxelles possédait une nouvelle halle en 1353 et une juridiction particulière en 1306; les frères du tiers-ordre de St-Augustin et les frères Bégards (1370) s'y adonnaient au travail des laines. Les Italiens faisaient un commerce d'exportation de draps fort étendu, et c'est à Avignon qu'ils avaient leurs magasins et leurs comptoirs.

Vers la fin du quatorzième siècle, cette industrie était si prospère à Lierre qu'on dut y construire une halle spéciale, et le débit de leurs draps à Francfort si considérable, qu'ils purent y élever une halle, appelée la halle de Lierre. Dans la seigneurie de Malines, il y avait, en 1370, 3,200 métiers dont quelques-uns se trouvaient au hameau de Neckerspoel; en 1396, on comptait à Anvers 200 tisserands qui y occupaient plusieurs métiers et avaient déjà une halle, avant 1317. Vilvorde et Aerschot renfermaient aussi de nombreux tisserands et cette dernière ville avait même une halle aux draps et une juridiction particulière pour les ouvriers en laine, vers 1361. A Tirlemont, les maîtres drapiers, dont le nombre s'élevait à 400, étaient fort puissants et partageaient cette influence avec les selliers dont on comptait une centaine. Léau faisait un grand commerce de draps; Sichem avait de l'importance, grâce à ses 550 métiers à tisser et à sa halle aux draps : ses marchands portaient leurs tissus à Francfort où ils avaient des priviléges remarquables. Diest avait acquis tout autant de renommée par son travail de laines, ce qui lui valut une halle aux draps et une juridiction particulière pour tous les métiers qui se rattachaient à la tisseranderie. Les produits en laine de Bois-le-Duc étaient aussi remarquables, Bréda possédait une halle aux draps et une juridiction particulière pour les tisserands, Oosterwyk enfin comptait 500 métiers.

Dans le comté de Hainaut, Guillaume Ier établit, en 1310, une manufacture de draps à Mons, en 1528 une dans la ville d'Ath, et fit nommer des officiers pour surveiller la draperie. Dans le courant de ce siècle, Binche, Chièvres et d'autres localités s'adonnèrent à la même industrie, qui y était fort importante, quoique leurs produits fussent un peu inférieurs à ceux de la Flandre. Plusieurs édits furent portés pour favoriser les entreprises des marchands.

En l'an 1300, des manufacturiers de Gand, chassés par les troubles civils, vinrent se fixer à Verviers, dont les fabriques de draps prirent tout-à-coup un accroissement extraordinaire. Leur commerce s'étendit tellement qu'en 1323, elles demandèrent à la ville de Liége l'autorisation d'y établir un dépôt de draps : cette ville était alors elle-même fort importante et possédait deux halles aux draps situées, l'une sur le Marché, l'autre en Jehanstrée. Les métiers, jaloux, s'opposèrent à la demande des Verviétois, mais l'évêque, les bourgmestres et la généralité des habitants l'accueillirent favorablement. Dès lors, les marchands de Verviers purent vendre leurs draps, en détail, dans les deux halles, et en gros, partout où ils le voulaient ; seulement ils étaient obligés de ne donner qu'un certain aunage à leurs pièces, et de déclarer de quel fabricant elles provenaient ; enfin, ils devaient faire connaître à l'acheteur, sous certaines peines, si les déchets de fabrique ou les *pennes* entraient dans la fabrication de leurs draps. Un conseil, composé de six personnes et qui se renouvelait tous les ans, tenait la main à l'observation de ces ordonnances et jugeait les infractions qui leur étaient faites.

Il y a 80 ans, on découvrit en fouillant dans le sol, à l'endroit dit *Agolina*, à Mangombroux, des vestiges d'une foulerie, qui ne laissent pas de doutes sur la haute antiquité de la fabrication drapière à Verviers : c'étaient deux vaisseaux, taillés dans une énorme pièce de bois, et qui servaient à fouler les draps. Il paraît que les propriétaires, on ne sait pour quelle raison, abandonnèrent complètement cette foulerie et la laissèrent tomber en ruines.

Aux environs de Verviers, St-Trond et Huy possédaient des manufactures de draps fort importantes, et cette dernière ville faisait même partie de la hanse flamande ou de Londres.

Tel était l'état de l'industrie drapière dans nos provinces, lorsque Philippe-le-Bon monta sur le trône de Flandre et inaugura une politique qui fit entrer le pays dans une nouvelle ère de prospérité ! Les villes des provinces de Brabant, de Hainaut et de Namur s'étaient élancées à la suite de celles de la Flandre dans la voie du progrès et de la liberté, mais l'état d'isolement dans lequel chacune d'elles se trouvait, les eût inévitablement conduites à leur perte, si un pouvoir centralisateur et fort n'était venu réunir, en un seul faisceau, toutes ces cités, toutes ces provinces éparses. Les dissensions qui signalèrent si tristement le quatorzième siècle dans les principautés belges, avaient été funestes à plus d'une opulente cité; quelques-unes d'entre elles se relevèrent, Gand et Bruges surtout qui, au quinzième siècle, montrèrent par leur luxe et par leur splendeur qu'elles avaient dignement réparé leurs fautes et leurs malheurs. L'historien Philippe de Commines n'hésita pas à déclarer que la Belgique était le pays le plus riche qu'il eût jamais vu.

Lorsque la Flandre passa sous la souveraineté des ducs de Bourgogne, le roi d'Angleterre crut ce pays entraîné dans l'alliance française et le regarda comme perdu pour lui; aussi traita-t-il dès lors les Flamands en ennemis, et pendant ses démêlés avec la France, il fit saisir tous leurs vaisseaux marchands dans les ports de l'Angleterre, et cesser toute relation commerciale. Cette mesure rigoureuse produisit les résultats habituels : l'envoi de laines faisant défaut, la principale industrie de la Flandre menaçait de tomber. Les communes effrayées envoyèrent des députés au roi, l'assurant que le mariage de la fille du comte s'était fait contre le gré des Flamands, et que rien ne pouvait changer leurs rapports d'amitié avec l'Angleterre. Comme ce pays avait tout autant besoin de la Flandre que celle-ci de l'Angleterre, les députés n'eurent pas beaucoup de peine à fléchir Edouard IV qui leur rendit son amitié, à condition qu'ils garderaient la plus stricte neutralité dans la guerre actuelle. Ces traités n'empêchèrent pas les corsaires anglais et flamands de poursuivre le cours de leurs brigandages, jusqu'à ce que des conventions nouvelles donnèrent satisfaction aux légitimes réclamations des négociants. D'un autre côté, par ordonnance du roi Charles VI (29 juillet 1309), les produits

des manufactures de draps de Bruxelles, de Malines et
de Lierre, avaient été affranchis de droit d'entrée aux
foires de Provins (Champagne.)

Grâce à une trève que Philippe-le-Hardi fit conclure
entre la France et l'Angleterre, la navigation avait repris
son cours et l'on vit renaître l'industrie en Belgique. Sous
le règne de son successeur, Jean sans Peur, prince aimé
de ses sujets, les Flamands obtinrent la ratification de
tous leurs priviléges, et ce qui était surtout important,
l'autorisation de continuer leur commerce avec les Anglais, même quand les princes des deux pays seraient en
guerre. L'intervention du duc dans les démêlés qui
s'étaient élevés entre les Anglais et les Brugeois, touchant le commerce des laines (1406), hâta la solution des
difficultés, comme aussi lors des querelles qui surgirent
entre Bruges et Le Franc pour le même sujet : le duc
permit à ceux-ci le trafic des laines, aux conditions précédemment imposées.

Quoique l'état de la Belgique fût en général satisfai-
sant, les troubles et les discordes civiles du quatorzième
siècle avaient cependant été funestes à l'industrie qui dut,
quoique faiblement, en ressentir les contrecoups, lorsque
les tisserands de Flandre et de Brabant eurent trans-
porté leur art et leurs richesses en Angleterre, dans le
Limbourg ou à Verviers. Dès la première moitié du
quinzième siècle, les draps anglais font la concurrence
aux produits belges en Allemagne, en Italie et jusque
dans les Pays-Bas. Une ordonnance de Philippe-le-Bon,
en date du 25 Août 1428, défendit l'introduction dans
ses Etats, des draps de fabrique étrangère et des laines
filées, mais le bon duc se vit bientôt obligé de révoquer
un arrêté qui aurait éloigné du pays tous les marchands
étrangers. La Chambre des comptes du Brabant elle-

même, dans un mémoire rédigé en 1451, déclara que cette mesure produisit peu de fruit, et proposa d'y substituer l'établissement d'un droit de tonlieu sur les draps d'Angleterre qui transiteraient par le Brabant et le pays d'Outre-Meuse vers l'Allemagne et la Lombardie. A la sollicitation des Etats du Brabant, de la Flandre et de la Hollande, le duc recourut encore, le 26 Octobre 1464, à cette prohibition des draps et des laines filées d'Angleterre, et cette défense fut renouvelée par Maximilien, le 8 Avril 1494. Mais la difficulté de se procurer des matières premières, en abondance et à bon marché, entravait la prospérité de la draperie. Le roi d'Angleterre avait défendu qu'on achetât des laines dans ses Etats pour les Pays-Bas et l'Allemagne, et ordonné que ce commerce se fît par l'entremise des marchands anglais, à l'étape de Calais, celle qui lui appartint depuis 1347 jusqu'en 1558. Et encore, les drapiers de la Flandre, de l'Artois, du Brabant et de la Hollande, n'y obtenaient-ils souvent que des laines de médiocre qualité et d'un prix excessif. La draperie menaçait donc de languir : Philippe-le-Bon vit le mal et travailla à le réparer; par ses dons et par ses faveurs, il s'efforça de rappeler les ouvriers, les marchands et tous ceux qui avaient fui devant les troubles. Cependant le duc, par différents actes, semble avoir voulu continuer un système fort suivi pendant les siècles précédents, et qui consistait à réserver les faveurs et les priviléges pour les villes. Ainsi, de même que les Gantois étaient seuls autorisés à exercer les métiers ou professions dans un rayon de trois lieues autour des murs, il défendit aux habitants des villages entourant Anvers de s'appliquer à aucun des métiers que cette ville exploitait. La rapidité avec laquelle s'éleva Anvers est vraiment extraordinaire : vers le milieu du quinzième siècle, la

compagnie des *marchands de la confraternité* quitta
Middelbourg pour cette ville , et prit une part active au
commerce qu'elle entretenait avec l'Angleterre, d'où elle
exportait surtout des laines et des draps.

Quoiqu'il fût de l'intérêt de l'Angleterre d'être en paix
avec les provinces belges, la jalousie qu'excitait chez
elle la prospérité de leur commerce , lui fit rechercher
ardemment toutes les occasions de lui nuire. Aussi, après
la paix d'Arras (1435), qui mit fin aux hostilités de Philippe-le-Bon contre la France, la guerre fut-elle déclarée
entre le duc et le roi d'Angleterre. Pendant plusieurs
années, les incursions des Anglais sur nos côtes ne laissèrent aucun moment de répit au commerce qui marcha
vers son déclin, et si l'on ajoute à cette cause les incessantes mutineries de Gand et de Bruges, on comprendra
combien il était aux abois. Cependant après la bataille de
Gâvre (1453), le calme fut rétabli , les passions furent
apaisées ou comprimées, et l'industrie flamande put réparer les maux inséparables des troubles civils.

Charles-le-Téméraire eut un règne fécond en calamités
pour le commerce et l'industrie de son pays. Des villes
entières, écrasées sous son joug de fer, se virent aban-
données par l'industrie et par les marchands étrangers
qui ne croyaient plus pouvoir y trouver de sûreté pour
leur commerce. Les désordres qui avaient été comprimés
pendant quelque temps par la brutalité de Charles-le-
Téméraire, recommencèrent avec tout autant de violence
dès qu'il fut descendu dans la tombe , et entourèrent de
mille embarras l'avènement de sa fille Marie.

La guerre avait aussi fait subir ses maux aux Verviétois et accablé leur industrie. D'autres embarras leur survinrent bientôt : le métier des drapiers de Liége leur
refusa de nouveau la faculté d'y venir vendre leurs pro-

duits et saisit même leurs marchandises. Les magistrats
interposèrent leur autorité, et un mandement de l'évêque,
du 28 Avril 1480, ratifia le statut de 1323.

Philippe-le-Beau était un prince dépourvu de qualités
administratives et qui ne paraît pas s'être beaucoup sou-
cié de la gestion des affaires; cependant, sous son règne,
la Belgique parvint à un haut degré de puissance et de
gloire. L'industrie prospéra, et les relations commerciales
ne firent que se multiplier.

Les Anglais continuaient à faire subir une foule de
vexations aux marchands du pays et nécessitèrent les
premières plaintes de la Chambre de commerce établie
à Anvers (1485). Le prétexte ou la cause de ces vexations
était le refus qu'avait fait Maximilien, l'époux de Marie,
de livrer à Henri VII le juif tournaisien Peërcken, qui se
prétendait comte de Warwick, neveu d'Edouard IV; tout
commerce fut alors suspendu entre les deux nations.
Après bien des pourparlers, fut conclu un traité entre
Henri VII et Philippe-le-Beau (*Intercursus magnus* ou
Grand entrecours, 1496), qui régla l'entrecours des deux
pays sur un pied de juste réciprocité, et qui établit la
liberté de commerce. Il fut convenu que les Anglais ra-
battraient sur les laines achetées à Calais par les marchands des Pays-Bas, un demi-marc par serpelière (balle),
que les marchands pourraient les visiter et renvoyer,
dans un délai fixé, celles qui étaient mauvaises. A la
suite de ce traité, la prohibition fut levée dans tous les
Pays-Bas, la Flandre exceptée.

Ce traité fut renouvelé en 1502 par les Etats-Généraux,
pendant que Philippe était en Espagne. Il devait avoir
une portée immense à cette époque où la Hanse exer-
çait encore son empire et se réservait le monopole du
commerce : c'était donc un coup mortel porté à ses pri-

viléges. Mais, en 1506, une tempête jeta Philippe-le-Beau sur les côtes de l'Angleterre et le mit au pouvoir des Anglais; ceux-ci en profitèrent pour lui arracher des conditions défavorables à la draperie belge : c'est le traité, dit *le mauvais*, dans lequel il fut stipulé que les Anglais pourraient envoyer leurs draps dans toutes les provinces des Pays-Bas, les y vendre en gros et en détail, à leur bon plaisir, excepté à Bruges, où ils ne les vendraient qu'en gros, et qu'ils ne paieraient pour tout tonlieu, qu'un patar (sol) par pièce. Arrivé en Espagne, Philippe refusa de ratifier un traité qu'on lui avait arraché par la ruse, au mépris du droit des gens.

Les plaintes que la Chambre d'Anvers avait jadis formulées contre les vexations des Anglais, furent renouvelées, on entama des négociations, on prit des arrangements, mais quelque temps après, tout était encore à recommencer.

Dès le milieu du quinzième un grand nombre de villes profitant des troubles de la Flandre, avaient cessé de s'astreindre aux statuts de la Hanse et se livraient à leurs opérations commerciales, sans passer par l'étape de Bruges. Ainsi firent Cologne, Gœttingue, Brême, Nimègue, Wesel; plus tard, les cités de la Hollande, de la Zélande et de la Frise suivirent l'exemple de Cologne. Dans une assemblée tenue en 1501, les villes de la Saxe notifièrent aux cités Wendes, que désormais elles ne porteraient plus leurs draps à l'étape de Bruges. La prospérité de cette ville émigra bientôt à Anvers dont le commerce avec l'Angleterre, au seizième siècle, était évalué à 12 millions d'écus par an. Les principales relations de la Belgique avec l'étranger se faisaient alors par l'entremise de cette ville.

D'après Guicciardin, un historien contemporain, l'Italie importait à Anvers, pour 3,000,000 de couronnes d'or (de 3 florins) de draps d'or et de soie, etc.; l'Allemagne, pour 6 millions de futaines ; l'Espagne, 25,000 sacs de laine, valant 625,000 couronnes ; l'Angleterre, 1,200 balles, estimées à 250,000 couronnes, et 200,000 pièces de drap d'une valeur de 5 millions. De son côté, Anvers exportait toute espèce de draps, de l'Angleterre ou du pays, dans la plupart des villes de l'Italie, en Allemagne, en France, en Angleterre, en Espagne et en Barbarie.

La population des villes, qui ne s'accroît qu'en raison de la prospérité industrielle et commerciale, était alors plus forte qu'elle ne l'est généralement aujourd'hui. On fabriquait pour une valeur d'environ 400 millions de francs dans les manufactures belges. Dans la Flandre, l'industrie principale était toujours la draperie, dont on exportait les produits pour une somme de 8 millions de florins par an; vers 1560, l'envoi des laines d'Espagne devint moindre, parce que les Espagnols commencèrent eux-mêmes à se livrer à la draperie.

Le droit qu'avaient les Verviétois de vendre leurs draps à Liége, avait été confirmé de nouveau par le prince Jean de Horne, en 1495, et par le Conseil de la cité, en 1507; seulement, eu égard aux vives réclamations des drapiers liégeois, ils furent obligés d'exposer leurs draps dans une halle spéciale, sans pouvoir les colporter, sous peine de confiscation et d'une amende de dix florins d'or.

Cette époque fut généralement prospère pour la Belgique, grâce au génie de Charles-Quint, l'un des plus grands hommes que notre pays soit fier d'avoir produits, et qui sut se faire pardonner les fautes nombreuses dont il se rendit coupable, et les maux que son ambition guerrière occasionna à la Belgique. Les relations, les traités de commerce et d'alliance entre notre pays et les nations étrangères, furent nombreux sous son règne. Diverses circonstances provoquées par des peuples jaloux de la prospérité de la Belgique, en eussent inévitablement causé la ruine, si le génie du prince n'eut paralysé ces efforts malveillants. Lorsqu'éclatèrent les hostilités avec la France (1528), Marguerite craignant que les forces de ce pays unies à celles de l'Angleterre ne ruinassent le commerce, proposa à Henri VIII de rétablir la vente des draps, en signant une neutralité avec les Pays-Bas. Une autre fois, le roi d'Angleterre ayant défendu à ses sujets de se servir de vaisseaux belges pour le transport de leurs marchandises, le gouvernement fit la même défense aux sujets de l'empire, par rapport aux Anglais. Les débats commerciaux avec l'Angleterre ayant amené la suspension des relations et la prohibition des draps anglais, les Pays-Bas perdirent une somme annuelle de douze millions et l'Angleterre plus de cinq millions : aussi rétablit-on l'entrecours de 1496.

Charles-Quint avait d'abord conclu, en 1515, avec Henri VIII, un traité pour cinq ans, qui fut renouvelé en 1520, et maintenu en vigueur par la paix de Cambrai, en 1529. Malgré cela, les Anglais ne cessaient de violer toute convention et de faire subir mille avanies aux négociants belges. D'après une enquête de Victor Neauwe, de Gand, demeurant à Anvers, et tenue à Anvers au mois de février 1532, par le procureur général de l'empereur, voici comment les choses se pratiquaient en Angleterre : Lorsqu'un marchand des Pays-Bas se rendait à Calais pour y acheter des laines, on le forçait de comparaître devant le lieutenant nommé par les marchands de l'étape. Celui-ci faisait convoquer par son sergent tous les marchands de la ville à la halle. Le marchand étranger leur faisait la révérence, et le lieutenant lui donnait à connaître les conditions auxquelles il pouvait acheter; elles étaient loin d'être avantageuses. Sur trois serpelières, il devait en prendre une de vieille laine , souvent pourrie et gâtée , au même prix que les autres; il était obligé d'acheter au prix qu'il avait déclaré en arrivant, et s'il achetait à moins , il était banni de l'étape ; il ne pouvait visiter le contenu de la serpelière que par un des coins , et si à force d'instances il obtenait d'examiner toute la balle , il fallait qu'il se retirât lorsqu'on y réintégrait les laines : il lui était donc impossible de savoir si la marchandise était bonne, ou si on ne le trompait pas, ce qui n'arrivait que trop souvent.

Depuis la fin du douzième siècle , commence donc en Belgique une ère de prospérité, qui se prolonge en augmentant d'éclat jusque vers la fin du seizième , n'éprouvant dans sa marche progressive que quelques moments de crise passagère. Aussi la draperie maintint-elle sa haute réputation. Les tisserands continuaient à tenir un rang élevé dans les villes de la Flandre, et quoique l'industrie drapière eût éprouvé des crises violentes, elle ne cessait d'occuper un grand nombre d'ouvriers : Gand en employait encore 50,000 à la fabrication de ses étoffes de laine, draps, serges, futaines; Courtrai en avait 6,000 et fabriquait des draps en abondance : le conseil , en 1529, arrêta qu'on emploierait 1,600 livres de gros à acheter des laines anglaises qu'on distribuerait aux artisans; ces moyens de raviver l'industrie n'ayant pas réussi, le prince permit d'en exploiter une autre , la fabrication du linge de table. Ypres contenait 4,000 fabriques de tisseranderie, et le magistrat, en 1475, avait le droit de lever un patar sur chaque pièce vendue, ce qui montait à mille florins par an; elle faisait un grand trafic de

draps, serges et étoffes, surtout à l'époque de sa foire,
aux approches de Pâques. En 1514, il restait à peine 500
fabriques de drap que remplacèrent celles de soie. Après
la paix, Philippe le Bon avait distribué les habitants de
ses faubourgs, par colonies, à Poperinghe, Verviers,
Menin, Wervick, Commines, etc.

L'étape des laines d'Angleterre avait été transférée à
Bruges après la prise de Calais par les Français en 1558,
et quelques maisons espagnoles y faisaient le trafic des
laines d'Espagne : on s'y livrait aux mêmes fabrications
qu'à Gand. Messine, Halewin et Warnetton, étaient habités par des drapiers ; Honscot envoyait ses serges et
ses soies sur presque tous les marchés de l'Europe, et en
fabriquait environ 100,000 pièces par an. Poperinghe
avait une foire renommée par ses draps, de même que
Bailleul ; Menin envoyait des draps partout, surtout en
Espagne ; Hazebroek avait un grand marché de draps ;
Capryk possédait autrefois des drapiers et des foulons,
mais ne s'adonnait plus qu'à la fabrication des toiles,
comme aussi Lembeck et Thielt qui y joignait celle des
draps : cette ville, prospère au quinzième siècle, déclina
avec le seizième par suite des guerres civiles et des in-
cendies dont elle fut le théâtre, surtout depuis 1579
jusqu'en 1597.

Termonde fabriquait des futaines, Rupelmonde culti-
vait de la garance, Renaix avait des fabriques de laine;
après s'être occupés du travail des laines, les habitants
de Nieuport s'adonnèrent à une autre industrie. La
Flandre française possédait aussi quelques villes remarquables par la draperie : Lille était renommée par ses
draps et par ses teintures, par ses serges, ses soies
et ses étoffes légères de laine; cette ville fabriquait encore du *bourrat* vert ou rouge, des tissus appelés *chan-*

geants à cause de leurs couleurs, etc. Douay fabriquait aussi des draps. Après la chute des manufactures de draps d'Orchies, Charles-Quint permit à cette ville (1529) de faire de la soie et du velours ; jusqu'à la fin du seizième siècle, Commines s'appliqua à la même industrie. Armentières livrait de 20 à 25,000 pièces de draps par an au commerce, et ses draps de *quatre couleurs* étaient expédiés jusqu'en Italie et à Constantinople. Tourcoing et La Bassée se livraient également à la draperie ; Arras était connu par ses serges ; Tournai enfin avait une grande renommée dans la même fabrication.

A la tête des villes du Brabant se trouvait Anvers, qui avait aussi donné asile aux arts manufacturiers et s'adonnait à la draperie ; cette industrie allait en décadence à Malines, quoique ce métier fût encore un de ses principaux. Bois-le-Duc, florissant au seizième siècle, fabriquait des draps, ainsi que Lierre, Oosterwyk, Turnhout, Waelhem et Bréda, mais il paraît que l'industrie changea d'objet dans cette dernière ville, puisque Maurice lui accorda deux foires par an pour la vente des cuirs et autres marchandises. Léau s'adonnait au travail des laines ; à Hérenthals, on fabriquait quelques draps ; Diest s'occupait de la même industrie ; vers le milieu du seizième siècle, enfin, il s'établit à Aerschot et aux environs, plusieurs centaines de tisserands. Louvain, Tirlemont, Berg-op-Zoom étaient complètement déchus de leur ancienne splendeur.

Dans le Hainaut, on faisait surtout des serges de différentes espèces à Mons ; Valenciennes s'adonnait à la fabrication des draps, soies et serges ; Le Quesnoy jouissait d'une assez grande réputation pour ses draps et ses demi-ostades ; Maubeuge enfin avait tous les samedis un marché où l'on vendait les laines propres à la fabrication des serges et des demi-ostades, qui y était fort importante.

Herve et Eupen, dans le Limbourg, étaient habités par des négociants qui deux fois l'an portaient leurs draps aux fameuses foires de Francfort.

Lorsque la Belgique passa sous la domination immédiate de l'Espagne, avec Philippe II, elle vit s'ouvrir une des périodes les plus malheureuses de son histoire. Les guerres qui lui arrachèrent successivement des provinces et des villes, l'occupation étrangère, un gouvernement détestable, les émigrations et la jalousie des nations voisines lui firent éprouver tout le poids de leurs maux. Et cependant, son commerce et son industrie ne furent pas anéantis, sa misère n'a pas été irrémédiable.

Dès le treizième siècle, on avait vu percer la jalousie du peuple anglais contre la prospérité des communes flamandes, et celles-ci durent recourir au malencontreux système des représailles pour faire lever les mesures prohibitives d'Edouard ; la même conduite obtint les mêmes résultats en 1496. Sous le gouvernement de la duchesse de Parme, les Anglais renouvelèrent leurs vexations, mais une solution favorable survint et garantit pour quelque temps la sécurité du commerce : pendant les embarras de la monarchie espagnole, leurs prétentions exagérées se montrèrent de nouveau et ne rencontrèrent cette fois presque plus de résistance. En 1559, les Anglais avaient imposé d'un double droit les laines et les cuirs destinés aux Pays-Bas, et augmenté celui sur l'entrée des marchandises. Pour les draps qui sortaient de l'Angleterre, le péage exigé des étrangers était haussé d'un angelot, de sorte que les Anglais pouvaient fournir à Anvers un drap d'Angleterre à six florins meilleur marché que les marchands du pays. Des représentations furent faites par la gouvernante, en 1563, mais on n'y répondit que par la prohibition des produits manufacturés de la Belgique. D'un autre côté, on défendit dans les Pays-Bas (8 Décembre), l'exportation des matières premières servant à la confection des objets prohibés en Angleterre, ainsi que l'importation des marchandises anglaises, si ce n'est des draps, et l'on ordonna de se servir de navires belges, de préférence aux navires anglais. L'étape des marchandises anglaises fut dès lors transférée à Embden.

Les rois d'Angleterre n'avaient cessé d'augmenter les droits de tonlieux sur les laines qui se vendaient aux marchands des Pays-Bas. Au commencement du seizième siècle, les droits de sortie, fort modérés d'abord, s'étaient élevés à 45 livres de 40 gros (45 flor.), par balle, sur chaque pièce de drap fabriquée dans les Pays-Bas; le roi d'Angleterre prélevait donc un tribut d'environ 6 florins, tandis que les draps anglais ne payaient à l'entrée qu'un patar, et que chaque pièce de drap apportée d'Angleterre, tissée, foulée, teinte et parée, ne coûtait pas plus au fabricant anglais que la laine brute au fabricant belge. Il était donc impossible à celui-ci de soutenir la concurrence. On tenta alors de remplacer les laines d'Angleterre par celles d'Espagne, mais elles ne pouvaient tenir lieu des premières dans tous les genres de fabrication, et il n'en venait pas en quantité suffisante.

Une sorte de Congrès composé des Députés des Pays-Bas et de l'Angleterre, réunis à Bourbourg, en 1532, à Gravelines, en 1545, et à Bruges, en 1565, pour aplanir ces différends, n'aboutit à aucun résultat décisif. D'après les instructions qui furent données aux commissaires belges, on voit que les entraves mises au tarif des laines étaient encore augmentées. On contraignait les marchands des Pays-Bas à prendre autant de vieilles laines que de nouvelles, et encore ne pouvaient-ils se procurer que le tiers de ce qu'ils avaient eu antérieurement. Les marchands italiens et les villes hanséatiques, au contraire, avaient l'autorisation de tirer directement des laines d'Angleterre, mais à la condition expresse de ne point les transporter aux Pays-Bas.

Les députés réunis à Bruges convinrent cependant provisoirement de la liberté de commerce ; l'étape fut rétablie à Anvers, d'où elle fut encore transportée à Hambourg, en 1569. Mais à cette même époque, Elisabeth, piquée par suite d'une augmentation de péage sur l'Escaut, défendit le commerce entre les deux pays, mesure dont ils souffrirent également. Les Flamands entamèrent des négociations, et le tarif fut rétabli sur l'ancien pied. La paix de Vervins, conclue avec la France en 1598, et celle qui fut signée en 1604 avec l'Angleterre, donnèrent à peine quelques moments de répit aux souffrances de la Belgique.

De 1578 à 1582 date l'institution du tribunal appelé *Laeken-Hall*, que réclamaient les nombreuses affaires de l'industrie drapière. Déjà en 1458, Philippe-le-Bon avait prescrit de juger les affaires commerciales avec célérité, pour éviter tout retard préjudiciable. La Coutume d'Anvers développa cette pensée, et en raison de l'importance de la corporation des drapiers, elle attribua la connaissance des affaires concernant la laine, les étoffes, la draperie, la teinturerie, le salaire des ouvriers, etc., à un tribunal particulier composé de douze juges, dont deux étaient doyens de la confrérie (semonceurs et exécuteurs), de deux gardiens (wardeyns) remplaçant les doyens en cas d'absence, et de huit anciens (oudemans) qui comprenaient deux échevins de la ville. C'était le magistrat, auquel il y avait encore appel, qui désignait ces deux

membres, dont la présence était nécessaire dans les
affaires excédant cent *nobles* (environ 2,000 francs).

Au moment où éclatent les troubles religieux du seizième siècle, la draperie se trouve dans un état de souffrance que l'on peut aisément se figurer, et les draps
anglais supplantent les produits nationaux sur presque
tous les marchés. Les troubles de cette époque consom-
mèrent la ruine de cette industrie, car ces déchirements
eurent pour conséquence naturelle de nombreuses émigrations en Hollande, en Angleterre et en Allemagne. La
réconciliation des provinces du midi avec Philippe II, les
cruautés du duc d'Albe et les riguenrs du *Tribunal de
sang* imprimèrent une si grande frayeur que bientôt toutes
les familles les plus importantes ou riches émigrèrent en
Hollande et y transportèrent avec elles la prospérité de la
Belgique. Un document conservé aux Archives constate
que dans les villages où l'on avait compté 15 ou 1600
communiants, il en restait au plus une centaine. Le manque
d'ouvriers produisit une grande influence sur l'enchérisse-
ment de la main-d'œuvre, d'autant plus qu'un grand
nombre de femmes, de filles et d'enfants, qui s'occupaient
jadis du filage de la laine, s'adonnèrent dès lors à celui du
lin, au tissage de la toile, à la fabrication de la bonnetterie, etc. C'est ce qui résulte des représentations faites au
gouvernement par le magistrat de Bruxelles, en 1592. Il
n'est pas étonnant que les draps anglais, d'ailleurs perfectionnés, aient presque entièrement envahi le marché
intérieur de la Belgique : une lettre du 7 Novembre 1592,
conservée aux archives du royaume, montre de quelle
préférence, de quel engouement ils étaient alors l'objet.
On eut beau faire revivre en 1564 et 1570, les prohibitions contenues dans les placards de 1464 et 1494, les
renouveler par des ordonnances du 25 Mai et du 10 Sep-

tembre 1587, du 15 Juin 1592 et plus tard par celles du
18 Avril 1594, du 9 Septembre 1595, du 31 Août 1597,
du 10 Février et du 15 Octobre 1610, la draperie belge
avait reçu un coup terrible, dont elle faillit périr.

Depuis le quinzième siècle, l'Angleterre avait naturalisé
chez elle la fabrication des gros tissus que, vers 1551,
Londres revendait aux marchands belges, pour les expédier chez les peuples étrangers; la Belgique conservait sa
supériorité dans la draperie fine et dans la teinture des
étoffes : ces dernières et précieuses ressources de notre
industrie devaient bientôt aussi, sous le coup des évènements, émigrer en Angleterre et partager avec elle les
richesses que notre pays recueillait seul naguère. Mais il
faut croire qu'elle était encore assez florissante à cette
époque, puisqu'en 1578 fut fondé ou réorganisé le Laeken-Hall.

Le règne d'Albert et d'Isabelle, auxquels Philippe II
avait enfin accordé la souveraineté de la Belgique, seul
remède aux maux qui accablaient le pays, fut un règne
réparateur, au point de vue de l'industrie et du commerce.
La guerre civile se calma et finit même par être entièrement étouffée depuis l'an 1609 jusqu'en 1621.

Pour porter un remède efficace aux embarras qu'éprou-
vait le commerce, les archiducs ordonnèrent une enquête
en 1611 et 1612. Quoique les pièces, déposées aux archives,
soient incomplètes, on peut se rendre compte de l'état de
dépérissement dans lequel se trouvait la draperie. A
Gand, dans les mois de Juin, Juillet et Août 1612, on avait
seulement fabriqué 150 pièces de drap; il en avait été
fabriqué près de 1300 à Weert. A Lille, on ne s'adonnait
plus à la draperie fine, faute de vente, mais on avait fabriqué 260 pièces d'estamettes de première qualité, 500
de deuxième, 550 de gros drap, et 200 de baies ou fri-

settes. A Armentières, il y avait 360 outils battants pour draps et estamettes, et 30 pour baies : il y en avait eu plus de 900 avant les troubles. Poperinghe en comptait autrefois 1400, et n'en avait plus que 125, et encore pour les baies seulement ; Bailleul en contenait 30 , de 3 à 400 qu'il avait eus ; Haubourdin, 150 pour baies, draps et estamettes ; Neuféglise, 40 à 50, de plus de 500 qu'elle possédait ; Limbourg produisait avec 100 métiers, de 14 à 1500 pièces, et le pays environnant, à peu près 16,000 pièces. Verviers faisait fonctionner 5 à 600 outils ; Stembert et Ensival, 500, dont chacun produisait une pièce par semaine.

Pour relever la fabrication de la draperie, les Archiducs crurent devoir renouveler en 1610 les anciennes mesures prohibitives. Comme les négociants se plaignaient amèrement de l'invasion des produits étrangers sur les marchés belges, les souverains commencèrent à prendre quelques mesures de douane, qu'ils appliquèrent entre autres à la fabrication des étoffes. Ces dispositions s'évanouirent devant le traité de Munster. Ces expédients et la trève de 1609, concoururent cependant à faire renaitre une apparence de prospérité, dont les incursions de la Hollande, en 1621, empêchèrent le développement ultérieur.

A la suite des guerres dont la Belgique fut le sanglant théâtre, et toujours aussi le prix de la victoire, Mons, Gand, Bruges, Namur, Huy, Charleroi, Bruxelles, Tirlemont, jadis si riches en manufactures, si florissants par leur population et par leur industrie, perdirent presque complètement les éléments de leur prospérité. Les Provinces-Unies, l'Allemagne, l'Angleterre, la France virent affluer chez elles les négociants, les armateurs et les artisans de ces villes si cruellement éprouvées par la guerre.

L'offre de faveurs et de priviléges ne faisait pas d'ailleurs défaut de la part des souverains étrangers, pour attirer dans leurs pays les agents de la prospérité belge. Le magistrat d'Amsterdam accordait cinquante florins à tout manufacturier, pour chaque métier nouveau qu'il introduisait, et deux cents à chaque tisserand qui consentait à s'établir en cette ville ; l'Angleterre dut à ces émigrations la prospérité qu'elle acquit dès lors dans la fabrication des draps et que depuis deux cents ans elle avait vainement cherché à obtenir ; Aix-la-Chapelle, Elberfeld, Creveld, virent de ces petites colonies d'industriels et d'artisans belges se fonder vers le Rhin ; en France enfin, Henri IV et Louis XIV, Richelieu et Colbert employèrent les séductions de la faveur pour attirer l'élite de la population industrielle de la Belgique : en 1666, par des avances de fonds et par des priviléges, Colbert attira en France cinq cents ouvriers drapiers de Flandre qui se fixèrent à Abbeville (Picardie). Au dix-septième siècle, on avait fait en vain des lois punissant l'embauchage et les ouvriers qui se laissaient gagner par des offres étrangères ; on recourut plusieurs fois encore, au dix-huitième siècle, à des mesures analogues ; mais rien n'y fit, et les Belges continuèrent à propager au loin l'industrie et l'éclat de leur patrie.

Pendant le courant du dix-septième siècle, le gouvernement prit différentes mesures pour faire refleurir la draperie. Par des placards du 29 Août 1650, du 5 Mars 1660, du 8 Juin 1666 et du 1er Avril 1679, il défendit l'importation de toute draperie, exempta de droits d'entrée les laines étrangères, et de droits de sortie les ouvrages de laine nationaux. Plus tard, il prohiba à la sortie les laines indigènes (Avril 1699) : il agit ainsi dans l'espérance d'attirer les marchands de laine étrangers dans les Pays-Bas. D'ailleurs, la Chambre des comptes du Brabant l'avait poussé à ces mesures, en lui représentant que les laines abondaient en Belgique; que les habitants de Verviers s'approvisionnaient dans le Brabant et le Limbourg; ceux de la Champagne, dans le Luxembourg; de Lille, à Mons, à Bruxelles, etc.; de Leyde et Tilbourg, dans la mairie de Bois-le-Duc; que par là les étrangers s'enrichissaient des dépouilles de l'industrie belge, etc. (22 Juin 1679).

C'est de cette époque que datent les efforts de la draperie du Limbourg vers le point de perfection où elle est arrivée aujourd'hui. Au contraire, les mesures vexatoires que le gouvernement prit à l'égard de la fabrication de Verviers, précipitèrent cette ville vers sa décadence : on lui défendit le travail des bouts de laine, appelés *queues* et *pennes*, on l'accabla d'impositions onéreuses, au point que le fabricant payait la valeur de 45 pièces sur 5000 qu'il fabriquait par an. Aussi de nombreuses émigrations eurent-elles lieu dans le Limbourg, à Francomont, Limbourg, Dison, Hodimont, qui appartenaient à l'Autriche. En 1680, des habitants d'Aix-la-Chapelle et de Verviers établirent à Néau et dans les environs, des métiers à fabriquer la serge, au moyen d'un fonds de 30 à 40,000 écus. Le gouvernement les suivit dans cette voie et autorisa, par lettres patentes du 8 Mai 1680, tous ceux qui le souhaiteraient, à ériger, dans le territoire et le district d'Eupen, des moulins à filer, à eau et à vent. Parmi les différents octrois qu'il leur accorda, on remarque ceux de pouvoir prendre dans la forêt du roi, tout le bois de chêne qui leur serait nécessaire pour la construction de ces machines; les ouvriers drapiers, teinturiers, fileurs, foulons et peigneurs avaient le droit d'y faire paître gratuitement leur bétail et d'y recueillir le bois mort et des

tourbes pour leur chauffage ; il promit une gratification
de 16 florins, pendant six ans, pour chaque métier à
serges qui serait dressé ; enfin, il affranchit tous les ouvriers employés à la fabrication de la laine, des charges
personnelles, aides et subsides. Tous ces privilèges donnèrent un grand essor à la draperie du Limbourg, tandis
qu'elle était dans un état de souffrance extrême dans les
autres provinces. Ce qui procura une plus grande vogue
encore à ses produits, ce fut leur bas prix et leur perfection, qui rendaient impossible la concurrence du Brabant
et de la Flandre : ces qualités essentielles vont désormais
se développer de plus en plus, dans la fabrication de cette
province. Plus tard, le gouvernement autrichien éleva les
droits de douane sur les draps, et cette mesure attira
dans le Limbourg, notamment à Hodimont et à Dison,
ou en Prusse, une foule d'industriels et d'ouvriers verviétois. Vers 1701 déjà, Hodimont ayant inspiré de la jalousie à Verviers, cette dernière ville tenta de l'acquérir et
de se l'incorporer ; mais elle ne put y réussir.

Comme Verviers déclinait à la suite des mesures prises
par le gouvernement autrichien, il envoya une députation
aux Etats du pays, qui levèrent les droits établis sur les
laines étrangères à leur entrée et sur les draps à leur
sortie, et frappèrent les draps du Limbourg d'un droit de
cinq patars à l'aune. La draperie continua, malgré tout,
à languir.

Pendant ce siècle, la politique malveillante de l'Angleterre à l'égard de la Belgique ne dévia pas de la ligne
qu'elle s'était tracée depuis le treizième. Tandis que les
négociants anglais avaient toute facilité en Belgique
pour se livrer à leurs opérations, il n'était sorte de
vexations que le commerce belge n'eût à subir en Angleterre ; on élevait bien encore des réclamations et des

plaintes, mais elles avaient le même sort que les précédentes. Cependant le gouvernement espagnol pouvait, quand il le voulait, réparer les maux qu'une ardente jalousie causait au pays. Ainsi, peu après la révolution de 1688, le gouvernement anglais prohiba à l'entrée les dentelles de Bruxelles et de Malines : usant de représailles, on répondit, en Belgique, par la prohibition des draps anglais, et on força ainsi le Parlement à révoquer son arrêt.

Plus tard, les actes de la Conférence en 1706, et le traité de la Barrière en 1715, continuèrent l'œuvre du traité de Munster, et servirent à souhait les ennemies de la Belgique, l'Angleterre et la Hollande, pour frapper de mort son commerce et son industrie : on peut dire que le déclin des Pays-Bas catholiques fut l'origine de la splendeur des Pays-Bas réformés. La situation de la Belgique était déplorable, lorsque le prince Maximilien fut désigné pour en prendre le gouvernement. Comme Charles-Quint et les archiducs, dont il suivit le système administratif, il ordonna aux magistrats des villes et aux négociants notables, une enquête approfondie sur l'état du commerce, leur demandant des conseils pour ranimer l'activité des fabriques. On n'en trouva que deux : la prohibition des marchandises étrangères et le rétablissement de la navigation maritime. Cette enquête fit connaître, entre autres choses, que des communautés religieuses d'hommes et de femmes s'occupaient, les uns de la fabrication des étoffes de laine, les autres d'ouvrages à l'aiguille et de dentelles, qu'elles enseignaient aux enfants pauvres de leurs écoles. On crut qu'elles formaient une concurrence nuisible au travail des manufactures ; aussi quelques manufacturiers exprimèrent-ils le désir que le travail des couvents fût restreint aux

besoins de la consommation de chaque communauté. Enfin,
pour satisfaire les réclamations des négociants belges, Maximilien défendit l'importation des draps et des laines filées.

De cette époque (1703) date l'institution, à Bruxelles,
d'un Collége ou Chambre de commerce, dont les attributions étaient de connaitre toutes les affaires concernant
la draperie et les ouvrages en laine. Il fut réorganisé par
un édit du 22 Mai 1705, à cause de la confusion amenée
dans la compétence de ses membres. La première institution de cette chambre lui attribuait la mission de procéder sommairement et à bref délai, dans toutes les
affaires concernant les manufactures de draps et les ouvrages en laine ; elle instruisait les affaires avec un pouvoir absolu et ses jugements étaient exécutoires par provision, sans appel en certains cas, et sous caution en cas
d'appel dans d'autres. Dans la suite, on lui attribua la
connaissance de toutes les affaires concernant les manufactures de laine, de soie, d'étoffes brodées, de linge, de
coton, de dentelles, le paiement d'effets commerciaux, et
de toutes les opérations commerciales.

La fabrication du drap avait commencé à se répandre
de plus en plus sur toute la surface du pays : des fabricants de Verviers se fixaient à Hodimont et dans quelques
autres localités du Limbourg, propageant ainsi une source
de richesses, lorsque les évènements malheureux, qui
signalèrent l'administration autrichienne dans notre pays,
vinrent entraver l'essor du progrès. Dans le but de paralyser la concurrence des draps anglais avec ceux du Limbourg, Charles VI fit accorder une exemption de droits
à l'entrée pour les laines, les huiles, les couleurs et toutes
les matières nécessaires à cette fabrication ; d'un autre
côté, protection était accordée à ces manufactures et des
droits de 10 o/o établis en leur faveur.

Pendant la dernière moitié du dix-septième siècle, les draps de Verviers avaient acquis une si haute renommée, qu'on ne pouvait satisfaire à toutes les commandes, faute d'un nombre suffisant d'ouvriers; ils s'expédiaient partout, même jusque dans les Indes : la population de cette ville s'élevait alors à près de 15,000 âmes. Mais en 1722, les Etats du pays révoquèrent l'exemption de l'impôt du soixantième dont jouissaient les draps de Verviers, et ce fut un coup terrible pour la population de cette ville, déjà si maltraitée par les riches fabricants qui, malgré les édits, ne payaient ordinairement leurs ouvriers qu'en marchandises. Vers 1757 on révoqua cet édit et on imposa à l'entrée les draps étrangers, de sorte que l'industrie drapière du pays put prendre un nouvel essor, et qu'elle fournit alors de 60 à 70,000 pièces par an. Les fabricants de draps employaient beaucoup de laines d'Angleterre et d'Espagne; on usait des laines de Saxe et de Bohême pour les draps de qualité inférieure, des laines du pays pour les draps communs. Les laines d'Espagne venaient de Bilbao et de Cadix par Amsterdam et Ostende; celles de Saxe et de Bohême par Dusseldorf et Duisbourg. Marseille, Amsterdam, Anvers fournissaient le savon blanc, l'huile d'olive, les matières colorantes; les Pays-Bas autrichiens, l'huile commune; Liége même produisait la colle, la houille, le bois, les acides et une partie de l'alun; car il y avait alors aussi des colleries, des fabriques d'acides, de forces à tondre, etc.

Les draps manufacturés dans le pays de Liége alimentaient en grande partie les foires de Francfort, de Leipsick, de Brunswick, de Kœnigsberg et de Breslau; ils transitaient par Lubeck et Hambourg pour arriver en Russie, et par l'Allemagne et le Danube pour parvenir en Pologne; ils empruntaient les ports d'Ostende, de Bruges

et d'Amsterdam pour se rendre dans le Levant et à
Porto-Rico, où il s'en faisait une certaine consommation.
Pendant longtemps l'entrée des draps fabriqués dans le
pays de Liége fut interdite en Autriche, en Hongrie et
en Bohême.

A cette même époque, la fabrication des serges florissait à Housse, à Cerexhe, à Trembleur, à Mouland et à
Liége, et cette dernière ville comptait près de soixante-
dix établissements de ce genre, d'où sortaient plus de
20,000 pièces d'étoffes par an. Cette manufacture con-
sommait les laines du pays et celles des Ardennes; elle
tirait les matières colorantes des mêmes lieux et par la
même voie que les fabriques de draps. Les serges de
Liége étaient répandues dans l'Europe entière; mais les
maisons religieuses ayant été plus tard supprimées et les
failles ayant passé de mode, cette partie du commerce
liégeois commença dès ce moment à languir.

Le règne de Marie-Thérèse et le gouvernement du
prince Charles de Lorraine, qui succédèrent à ces temps
de désastres, purent à peine faire ressentir leurs heureux
effets, tant la Belgique était profondément atteinte par
les calamités du siècle précédent. Cependant, à partir du
traité d'Aix-la-Chapelle (1748), s'ouvrit pour la Belgique
une ère de prospérité et de bonheur qui ne fut entravée
dans son cours que par les innovations de Joseph II. Tout
prit une vie nouvelle, et à mesure que la prospérité de la
Hollande déclinait, celle de notre pays voyait renaître ses
anciens beaux jours. La draperie, chassée de la Flandre
et du Brabant par les troubles civils, émigra dans le Limbourg et fournit de l'occupation à plus de 30,000 ouvriers;
ses produits exportés aux foires de l'Allemagne et dans
le Levant, étaient pour cette province une nouvelle source
de richesses et portaient un rude coup à cette même

5

industrie à Leyde. En 1752, Gand ne comptait plus que huit maitres de la corporation des drapiers : elle en avait encore trente en 1712. A Malines, en 1762, trois fabriques seulement avaient survécu aux nombreux établissements qui y florissaient jadis. Jusque vers le milieu du dix-septième siècle, cette industrie enrichit Huy et ses environs, mais alors eurent lieu des bombardements et des occupations militaires qui anéantirent cette prospérité.

La Hollande et l'Angleterre ayant profité de l'absolutisme que leur avaient octroyé différents traités, soit pour écarter les produits belges de leurs ports par des droits de douane élevés, soit pour inonder ce pays de leurs propres produits en abaissant son tarif, on apporta quelques modifications à un état de choses aussi désastreux : les matières premières qu'exigeaient les manufactures belges purent entrer librement dans le pays ; des droits de protection, allant de 10 à 40 o/o furent accordés aux produits nationaux pour balancer la concurrence étrangère, etc. Comme les Hollandais enlevaient de la Belgique toutes les semences de colza, libres à la sortie, pour les convertir en huiles dont la draperie avait besoin et qu'ils renvoyaient dans ce pays, on frappa ce produit d'un droit fort élevé, peu après le traité d'Aix-la-Chapelle. Enfin, pour seconder les efforts des manufactures, le gouvernement ordonna de vêtir son armée avec les tissus et les draps du pays, et Charles lui-même consacra plus d'une fois ses propres capitaux à l'établissement d'industries nouvelles, sans jamais en faire un objet de spéculation.

Sous le règne de Joseph II, tout ce que le commerce et l'industrie avaient gagné depuis quarante ans fut perdu, les débouchés extérieurs fermés, la consommation intérieure anéantie. A son avènement au trône, il autorisa l'entrée des draps fabriqués dans le pays de Liége, en

Autriche, en Hongrie et en Bohême, à la charge d'un droit considérable, ce qu'il révoqua peu de temps après. Les manufactures du pays de Limbourg conservèrent seules ce privilége, moyennant un droit de 7/100 sur la valeur.

Pendant la réunion de la Belgique à la France, l'industrie de notre pays prit un nouvel essor et, tandis que la France conservait sa supériorité dans les arts de luxe et de mode, les grandes fabrications, celle de draps entre autres, restaient la propriété presque exclusive de la Belgique. La draperie belge figura avec éclat aux diverses expositions industrielles, notamment en 1806. Le jury déclara qu'il avait vu avec le plus grand intérêt les draps envoyés par les fabriques du département de l'Ourthe; il observa que, loin d'avoir déchu depuis que ce pays avait été réuni à la France, cette industrie s'était perfectionnée.

Pendant longtemps cependant les fabricants de Verviers n'osèrent mettre leur nom ni celui de leur ville sur leurs produits : ils contrefaisaient les draps d'Angleterre, de Hollande, de France, y mettaient le nom de quelque manufacturier anglais ou français, mais ne les offraient pas au commerce comme draps de Verviers. Lorsque M. Hauzeur, en 1807, osa franchement inscrire son nom sur ses produits, l'industrie et la réputation de Verviers ne firent qu'y gagner.

De nombreuses améliorations s'étaient introduites et se poursuivaient dans cette fabrication, grâce aux soins infatigables des manufacturiers pour lui appliquer les procédés nouveaux et les inventions récentes, ou pour se procurer les meilleures qualités de laine, même dans les lieux de production les plus éloignés : on se servait surtout de laines d'Espagne. De cette façon, ils parvinrent à satisfaire aux nombreuses commandes que le blocus continental leur procura. Les produits manufacturés du pays continuaient à jouir de l'estime des nations étrangères et étaient livrés à une exportation considérable. Anvers comptait comme ville manufacturière de second rang et s'adonnait à la fabrication des draps; dans les environs de Bruxelles s'élevaient aussi quelques ateliers pour le tissage des étoffes de laine; mais cette industrie florissait principalement à Verviers et dans le pays de Limbourg qui employait au moins 50,000 personnes à ce travail : les ouvriers étaient répartis en 25 villages et 580 hameaux, dont Verviers et Eupen étaient le centre. En 1789, on comptait 500 métiers produisant 20,000 pièces par an; en 1817, 1188 métiers produisant 47,500 pièces.

A cette époque, une grande révolution industrielle s'était déclarée sur le continent : on cherchait partout à faciliter le travail et à augmenter la quantité des produits par l'emploi de machines que l'on perfectionnait de jour en jour. Les Belges ne furent pas des derniers à appliquer la science à l'industrie. Jusqu'en 1798, les différentes opérations du tissage, le foulage excepté, se faisaient à la main et presque toujours en chambre, par des ouvriers répandus à la campagne. Dans le courant de l'année 1798, un ouvrier anglais, chargé du soin d'une nombreuse famille et dans un état de fortune peu aisé, revenait de Stockholm où il avait construit plusieurs machines, déjà connues en Angleterre, pour filer la laine. L'assortiment se composait d'une droussette, d'une carde, d'un moulin à filer en gros et de quatre moulins à filer en fin. Il se présenta chez MM. Biolley et Simonis, à Verviers, et leur proposa de construire un ou deux assortiments de ces machines : la proposition fut acceptée, et une somme de 25,000 francs pour chaque machine, aussitôt payée. Cet ouvrier, c'était William Cockerill, le promoteur de ce grand évènement industriel en Belgique et qui peupla nos usines, nos filatures, nos fabriques, de puissantes et merveilleuses machines.

Dès qu'on fut entré dans la voie des découvertes, on ne s'arrêta plus. De 1802 à 1803, date l'usage de la navette volante ; à cette même époque, l'anglais Douglas obtint un brevet d'invention pour de nouvelles machines perfectionnées, propres à la fabrication, à l'apprêt et au brossage de toutes sortes de draps, casimirs et étoffes de laine.

La machine à lainer due également à Douglas, et d'abord faite en bois, fut introduite en 1806 ; la presse hydraulique pour le pressage, en 1810. Verviers et Hodimont, puis Eupen et Aix-la-Chapelle, furent les premières villes qui se servirent de ces mécaniques, et elles en retirèrent aussitôt d'inappréciables avantages, non-seulement pour l'extension de leur commerce, mais encore pour la perfection de leurs produits.

Sous l'administration hollandaise, administration indécise et partiale, l'industrie de notre pays ne fit guère de progrès dans cette large voie qui venait de lui être ouverte. Cependant on avait fait des découvertes importantes. L'emploi de la vapeur comme force motrice, date de 1816 à 1818, et les premières machines furent montées dans les ateliers de MM. Hodson, Sauvage et Biolley : autrefois, on n'employait que la roue hydraulique, pour laquelle on utilisait les eaux de la Vesdre. Le premier *mull-jenny*, qui devait faire disparaître les fileurs au métier fin, a été placé à Verviers, en 1818, et ne fut exporté d'Angleterre qu'au risque des peines les plus sévères. Dans l'opération du foulage, M. Chardron introduisit chez nous, mais sans succès, vers 1820, ses *bacs à pression :* le fer remplaça le bois dans les *bacs anglais à pression* de M. Topham, introduit quatre ans après. L'exposition de la première *tondeuse longitudinale*, remplaçant les *forces*, provoqua un soulèvement de la population ouvrière de Verviers, en 1818 : son usage se répandit cependant, comme celui de la *tondeuse transversale*, introduite en 1820 ou 1821. MM. Houget et Teston en construisirent d'autres et celle qu'ils exposèrent en 1855 leur valut les éloges les plus mérités. Enfin, le décatissage, importation d'Angleterre où il est connu sous le nom de *patent-dress*, fut introduit en 1824.

Vers 1822, MM. Lieutenant et Peltzer ouvrirent une nouvelle voie à la tisseranderie belge, en introduisant dans le pays la fabrication des étoffes de laine, cuirs de laine, draps à côtes, et toutes étoffes de nouveauté mélangées de soie et de coton. Cette même année, la maison Biolley fonda une fabrique de laines peignées, que M. Grand'Ry dirigea plus tard et à laquelle il ajouta le tissage du stuff; dans une autre filature de laine peignée, établie sous la raison Pastor et Cie, on commença la fabrication du mérinos.

Malgré cette activité, et tout en résistant aux secousses politiques et à la concurrence de l'Angleterre, la draperie souffrait des vexations que l'administration faisait subir au pays : en 1815, on comptait cependant 1638 métiers, produisant 65,000 pièces par an. Dans le tarif de douane, publié le 5 octobre 1816, les draps et les étoffes de laine obtinrent un droit proportionnel de 8 o/o : cela ne suffit pas pour relever cette industrie. Pour la sauver de la détresse où elle était plongée, un arrêté du 1er janvier 1820 ordonna d'employer les produits du pays pour l'habillement de l'armée et des membres de l'administration. A cette occasion, le roi déclara se soumettre à cette même mesure pour lui et pour sa maison, et engagea tous les grands fonctionnaires, les magistrats, les employés et tous ses sujets, à suivre son exemple. Par le tarif du

26 août 1822, le droit d'entrée sur les tissus de laine fut porté à 34 florins, et les draps imposés de 40 à 150 florins. Enfin l'année suivante, la Hollande profita des démêlés qu'elle avait avec la France, pour s'en venger par des prohibitions et favoriser en même temps certaines branches de l'industrie nationale, en paralysant la concurrence étrangère : ainsi on prohiba les draps.

Plusieurs établissements industriels, maladroitement protégés par le gouvernement, s'écroulèrent lorsqu'ils voulurent entrer en concurrence avec ceux que des particuliers avaient élevés et dont la prospérité était éclatante : tel fut le sort réservé à des manufactures d'étoffes de laine; cependant les mesures que le gouvernement prit dans les dernières années, contribuèrent à ranimer l'industrie du pays. Verviers et Dison surtout développaient leur draperie qui avait des débouchés nombreux en Hollande et dans les colonies.

La séparation de la Hollande porta un coup sensible à cette industrie, car il fallait qu'elle se créât aussitôt de nouveaux débouchés; mais loin de la décourager, elle parut lui faire sentir la nécessité d'aborder de nouveaux perfectionnements, pour maintenir sa supériorité. Elle puisa quelque vigueur dans l'équipement d'une armée nationale, et les années qui s'écoulèrent entre 1831 et 1834 furent satisfaisantes. Mais alors survinrent les difficultés occasionnées par la conclusion de l'association commerciale prussienne qui lui fermait ses marchés; elle eut aussi à souffrir de la peste qui éclata dans le Levant et en éloigna nos commerçants ; elle subit l'influence de la crise des États-Unis et de l'Angleterre, en 1836, et de la crise intérieure de 1838; la crise alimentaire de 1845, celle politique de 1848 amenèrent des moments de stagnation dans l'industrie drapière comme dans toutes les autres. L'année 1850 les dédommagea de ces rudes épreuves. Non seulement les produits accumulés pendant les années précédentes ont trouvé un écoulement, mais encore nos fabriques de tissus et nos filatures de laine suffisaient à peine aux demandes. La récolte peu abondante de 1851, les craintes incessantes produites par les crises politiques, celles provoquées par le renouvellement prochain du traité franco-belge aux dépens de l'industrie locale, arrêtèrent un peu l'essor de cette fabrication, et ce fut grâce aux sacrifices que s'imposèrent les industriels, que le malaise ne fut pas apparent. Ainsi, la marche de cette industrie, d'abord lente et embarrassée, s'est insensiblement dessinée et affermie depuis lors, et nous la voyons tout-à-coup briller du plus vif éclat, lorsque s'ouvrent l'exposition internationale de Londres (1851) et l'exposition universelle de Paris (1855).

Telle est, en effet, l'activité de nos fabriques, que le pays ne fournit pas assez de matières premières et que force leur est de s'adresser à l'étranger. Il y a trente ou quarante ans, de grands propriétaires travaillèrent à augmenter la production des laines indigènes et à en perfectionner la qualité, mais le nombre de moutons et d'agneaux dépassa à peine le chiffre de un million à onze cent mille, et leur laine ne put s'employer que pour la bonnetterie et la fabrication des couvertures et des matelas. La Campine en produit pour les draps médiocres, et l'Ardenne pour les draps de soldats.

Nous tirions nos laines, il y a trente ou quarante ans, exclusivement de l'Espagne et de l'Allemagne; elles nous viennent aujourd'hui de l'Australie et du Cap par les entrepôts anglais, de Saxe, de Rio-de-la-Plata et de Russie. L'envoi des laines d'Odessa à Anvers était autrefois considérable, mais par l'interruption des rapports,

à la suite de la guerre de Crimée, ces laines, en venant
par la voie de terre, furent retenues par l'Allemagne
occidentale. Nos fabricants les remplacèrent assez avantageusement par celles d'Australie, et si Anvers vit
s'amoindrir son commerce avec la Russie, celui qu'elle
fait avec l'Amérique du sud s'accroît dans des propor-
tions extraordinaires. On estimait peu autrefois ces laines
de la Plata, à cause des nombreux glouterons ou bar-
danes qu'elles contiennent et que l'on ne pouvait extraire
que par un travail manuel long, fastidieux et coûteux :
aujourd'hui, les machines se sont chargées de cette be-
sogne ingrate et ont rendu toute leur valeur à ces belles
qualités de laine. Le chiffre de l'importation peut nous
donner la mesure certaine du développement de l'industrie lainière ; il s'est élevé successivement, à partir de
1851, de 3 millions de kilogrammes, à 4, à 6 millions
en 1854, et à 8 millions en 1855 : la consommation en
laines étrangères a donc triplé en vingt-trois ans. Voici
quelques chiffres :

Importation en	1851	1852	1853	1854	1855
	5,172,840	5,718,802	5,574,700	5,889,056	8,542,000
Production inté- rieure :	2,000,000	2,000,000	2,000,000	2,000,000	2,000,000
Total :	7,172,840	7,718,802	7,574,700	7,889,056	10,542,000
A déduire l'ex- portation :	617,580	1,010,659	1,326,177	1,484,608	1,844,000
Consommation :	6,555,260	6,707,145	6,248,523	6,404,418	8,498,000

Et ce n'est pas seulement la laine brute que l'industrie
lainière travaille ; elle s'est ingéniée à utiliser les débour-
rures, les bouts, les peignons, tout ce qui constitue les
déchets, et jusqu'aux vieux habits, aux défroques de pure
laine ou mélangées de laine et de coton, avec lesquels on
fait la *laine artificielle*.

Cet accroissement progressif dans la consommation des laines tient à plusieurs causes : à l'utilité des étoffes de laine pour la santé, à leur plus longue durée, aux moyens économiques de leur fabrication, enfin à la variété de tissus pour tous les goûts et pour toutes les fortunes. Aussi la fabrication verviétoise a-t-elle vu, d'année en année, grandir sa position industrielle. Voici ce que dit un mémoire de la Chambre de commerce de Verviers, en 1833 : « Les manufactures de draps de Verviers et des environs occupent seules une population de 40,000 ouvriers. Elles produisent environ 100,000 pièces de drap, d'une valeur approximative de 25 millions de francs, et l'on peut évaluer à 75 millions de francs les capitaux qui y sont employés, tant en achats de matières premières, qu'en main-d'œuvre, intérêts de machines et de bâtiments, créances, etc. » Le nombre de machines s'accrût d'une manière surprenante, en quelques années de temps. (Voir le tableau à la fin du volume.)

En 1855, la production s'élevait à 200,000 pièces; aujourd'hui elle est de 300,000 pièces, d'une valeur de 60 millions de francs, dont les 3/4 entrent en consommation et le reste est exporté en Hollande, aux Etats-Unis, en Italie, en Allemagne, en Suisse, en Sardaigne, dans le Levant, et cette exportation va toujours croissant.

Une rivalité de fabrication s'était établie entre les deux villes limitrophes, Verviers et Dison, et quoique celle-ci n'eût pas à sa disposition les immenses ressources de la première, elle ne tarda pas à se mettre sur le même rang qu'elle, par son activité, son économie et sa persévérance dans le travail. Tandis que Verviers possédait de grands capitaux et une réputation bien établie, Dison avait tout à créer : il se mit modestement, mais ardemment, à l'œuvre, bien résolu de parvenir. Dès l'abord, il y eut des

teinturiers, des filateurs, des tisserands, et chacun se tint
dans sa spécialité, faute de ressources suffisantes pour
réunir les différents genres de travaux dans la même usine;
d'un autre côté, de nombreux fabricants se mirent à l'œuvre,
sans avoir de capitaux, et payant leurs matières premières
après la vente de leurs produits; enfin, on utilisa dans
la fabrication du drap, les déchets de laine ou les *bouts*,
avec lesquels on fit des merveilles de bonne qualité et de
bas prix : la France, l'Allemagne, l'Italie, et même la
Russie, leur fournirent cette matière première qui est la
cause de la grande prospérité de Dison.

A côté de l'industrie drapière, on vit naître à Verviers,
il y a environ dix-huit à vingt ans, une branche nouvelle
de fabrication qui depuis a pris beaucoup d'extension
dans le pays, c'est le tissage des étoffes rases. On en fabrique non-seulement à Verviers, mais encore dans le
Brabant, le Hainaut et la Flandre occidentale, quoique
cette fabrication soit concentrée dans un nombre assez
restreint d'établissements. Cette fabrication nouvelle a été
la cause première du développement de la filature de laine
peignée et de la filature de laine cardée. En 1850, Verviers ne possédait aucun atelier pour les fils qui entrent
dans la fabrication des draps, et en 1845, cette ville possédait 354 assortiments pour la draperie et 61 assortiments de fils cardés pour d'autres usages. Aujourd'hui,
elle en compte 418 pour les draps et 128 pour les fils. On
peut estimer de 75 à 80 millions de francs, la valeur annuelle de la fabrication des fils et étoffes de laine en tout
genre en Belgique.

Lorsqu'éclata cette espèce de révolution dans l'industrie
lainière, les fabricants de drap voulurent y résister, mais
la mode fut plus puissante que leurs efforts, et ils durent
s'appliquer aux étoffes de fantaisie. Il va de soi que ce

changement amena un certain malaise : c'était à l'époque
de la crise intérieure. Il fallait acheter de nouveaux métiers, se pourvoir de nouveaux fonds, et Dison surtout,
qui commençait seulement à se développer par la fabrication des draps, en souffrit profondément. Heureusement
que l'activité et la persévérance de ses habitants ne se
laissèrent pas arrêter par ces contretemps fâcheux.

Pendant assez longtemps, on n'essaya que des fabrications communes ; aujourd'hui, on a abordé avec succès
la confection d'étoffes en mérinos, en mousseline-laine,
en stuff, en alépine, en popeline, en flanelle, toutes étoffes
non foulées, mais dont les unes sont faites en laine peignée, les autres, en laine cardée. Quoique leur qualité ne
fût pas inférieure à celle des produits étrangers, les frais
inhérents à toute fabrication nouvelle en avaient augmenté
le prix de revient et les avaient placées dans des conditions désavantageuses. Aujourd'hui, cette fabrication est
assez avancée en Belgique, pour pouvoir se répandre sur
les marchés étrangers et entrer en concurrence avec celle
de l'Angleterre et de la France. On peut citer surtout les
articles de MM. Lieutenant et Peltzer, les fabricants de
la draperie mode, articles remarquables par leur beauté
et leur bonne confection, et qui dénotent chez eux une
activité et un esprit inventifs peu communs. Les étoffes-
fantaisie de MM. G. Dubois et Cie, sont pleines de goût,
quant au choix des couleurs, et se font encore estimer par
leur teint solide et leur tissage régulier. Nous passons
d'autres noms, et de fort recommandables, faute d'espace.

Cependant, mettant à part les dispositions du tarif
douanier qui la concernent, ce qui nuit surtout à cette
fabrication en Belgique et constitue son infériorité vis-à-
vis de la France, c'est un moindre degré de bon goût
dans les dessins, et malheureusement, c'est un défaut

assez grave en matière de mode ou de fantaisie. Douée d'aptitudes particulières, la Belgique occupe néanmoins un rang intermédiaire entre la France et l'Angleterre, en réunissant, jusqu'à un certain point, les qualités brillantes de la première aux qualités solides de la deuxième, en tenant une espèce de milieu entre les préoccupations exclusives de ces deux nations : pour l'une, tout est sacrifié à l'apparence, à l'éclat, au bon goût, à l'élégance ; pour l'autre, au *confort*, à la solidité, au fond.

Après avoir résolu le difficile problème de fournir de bons produits à bas prix, que nos fabricants tâchent donc d'ajouter à ces deux mérites, celui du bon goût et de l'élégance. Avoir d'habiles dessinateurs, viser à l'originalité et à la distinction, et ne plus se contenter de modifier les dessins que nous envoie Paris, telle devrait être désormais la pensée de nos industriels et le but de leurs efforts, quoiqu'ils y aient déjà bien réussi. C'est à condition seulement de réaliser ce but, qu'ils parviendront à lutter avantageusement avec la France, notre maîtresse en fait de mode, et qui semble avoir jusqu'à présent le monopole du bon goût. Puissent nos industriels profiter des leçons que leur ont données les expositions de Londres et de Paris, autant dans leur intérêt, que pour la gloire de notre patrie !

Nous ne nous arrêterons pas davantage sur la fabrication des étoffes rases : l'industrie drapière seule doit nous occuper. Mais avant d'examiner ce qu'elle a fait dans ces derniers temps, jetons un rapide coup-d'œil sur les perfectionnements apportés dans les machines qu'elle emploie.

Depuis la proclamation de notre indépendance politique, ces perfectionnements ont été nombreux et importants. C'est après 1830 que le mull-jenny, qui laissait

6

beaucoup à désirer, a été réellement adopté, pour remplacer le métier à filer *en fin*; celui à filer *en gros* disparut vers 1840 ou 1841, devant la *continue*, qui s'applique à la carde à ploquet. L'assortiment, établi principalement en fer, se compose aujourd'hui de deux droussettes, d'une carde avec continue et d'un mull-jenny de 240 broches. De 1840 à 1845 se sont faits les premiers essais du métier mécanique à tisser, auquel vinrent se joindre les machines à encoller, à bobiner, à ourdir, etc., supprimant toutes le travail à la main. Les fouleries à cylindre, dues à l'anglais Hall, furent employées à Verviers, vers 1839 ou 1840, et ont été l'objet de divers perfectionnements. A dater de 1832, on a substitué le fer au bois dans la machine à lainer, qui s'est successivement améliorée; l'*apprêteuse* tond, laine à poil et à contrepoil simultanément. Enfin, les hydro-extracteurs, servant au séchage des laines et des fils, furent introduits en 1833; la machine à laver la laine, en 1848; l'échardonneuse, qui a permis d'employer avec avantage les laines de Buénos-Ayres, en 1843.

Le 16 Juillet 1842 fut conclue la convention linière avec la France, afin d'arrêter, s'il était possible, la décadence de cette industrie; mais ce fut aux dépens de celle des draps, des fils et des tissus de laine qu'on lui entrouvrit les portes du marché français. L'arrêté de 1843, transformé en loi, qui, en élevant les droits sur les fils et les tissus de laine, permit de fonder des établissements nouveaux, fut mis à l'écart par la convention de 1845, exécutée à partir du mois d'Août 1846. Les importations françaises causèrent dès lors un notable préjudice à nos travailleurs et à nos industriels qui, s'appuyant sur l'arrêté de 1843, avaient engagé leurs capitaux dans les filatures de laine. Cette convention rétablit envers la

France le tarif antérieur à l'arrêté de 1843, quant aux fils et aux tissus de laine; elle abolit la surtaxe de la prime d'exportation quant aux draps, casimirs et tissus similaires.

A la suite de ces conventions, voici quelles furent les importations :

I. Draps et Casimirs :

Moyenne an-	TOTAL.	FRANCE.	AILLEURS.
nuelle de 1839 à 1846 : kil.	25,809	2,944	22,956
de 1847 à 1851 :	26,250	7,600	18,630

De 956 kil. en 1839, les importations de draps français se sont élevées, en 1851, à 9,007 kil., le décuple.

II. Tissus de laine légers :

Moyenne an-	TOTAL.	FRANCE.	ANGLETERRE.
nuelle de 1839 à 1842 : kil.	423,000	139,800	272,000
de 1843 à 1846 :	392,000	126,000	250,000
de 1847 à 1851 :	286,300	155,800	115,000

III. Fils de laine :

Moyenne an-	TOTAL.	FRANCE.	ANGLETERRE.
nuelle de 1839 à 1842 : kil.	112,736	52,400	55,300
de 1843 à 1846 :	69,700	35,700	30,000
de 1847 à 1851 :	273,600	256,000	8,200

D'après le rapport de la Chambre de Commerce de Verviers, en 1852, voici ce qui résulte de ces faits :

« 1° Qu'à dater de la convention, la France a, par la suppression de la taxe, doublé ses importations en draps et casimirs, tandis que les importations des autres nations ont légèrement décru.

» 2° Que par la suppression de l'arrêté de 1843, la France a augmenté ses importations de tissus de laine, tandis que celles de l'Angleterre, soumises au régime de 1843, ont diminué de plus de moitié.

» 3° Que par la suppression du même arrêté (maintenu à l'égard de l'Angleterre), la France a quadruplé ses importations de fils, tandis que l'arrêté de 1843 a, à peu près, banni l'Angleterre.

» Depuis, comme avant la révolution de février, la France se refuse d'abolir les prohibitions et de modérer des droits protecteurs qui équivalent à une prohibition. C'est en froissant les intérêts des industriels français, qui exploitent notre marché, que l'on peut parvenir à se créer, par eux, des appuis près du gouvernement français. Nous insistons vivement pour que dans la convention, la France dans ses rapports avec nous, reste soumise au régime commun, c'est-à-dire :

» A la loi de 1838, quant aux draps et casimirs ;

» A l'arrêté de 1843, transformé en loi, quant aux fils et tissus de laine. »

L'année 1853 n'a pas été aussi favorable à l'industrie drapière, qu'on pouvait l'espérer. L'insuffisance des récoltes, le différend turco-russe, le renchérissement des matières premières, amenèrent une production inférieure à celle de l'année précédente. Dison surtout souffrit de la crise : la fabrication des draps était sa spécialité, tandis que Verviers lui avait substitué celle des étoffes ; or, c'étaient les draps qui faisaient le plus grand objet d'exportation. On comprend donc que cette ville, produisant au-delà des besoins de l'intérieur et soutenant depuis quelques années une concurrence redoutable avec la Saxe, se soit alors trouvée dans une position précaire. Dans le courant de cette année, le traité avec le Zollverein prit fin, et la convention française de 1845 fut renouvelée provisoirement pour cinq ans. C'est dans l'intérêt des houilles et des fontes belges que l'abrogation des droits de l'arrêté de 1843, sur les fils et les tissus de laine, fut cette fois maintenue au profit de la France.

En général, la production s'est cependant accrue d'année en année. Les importations sont restées stationnaires, mais les exportations ont augmenté. Voici les chiffres des exportations de draps, casimirs et tissus de laine :

En 1851. 1852. 1853. 1854. 1855.
kil. 870,956. 775,291. 964,568. 958,852. 1,122,783.

Nos principaux débouchés sont la Hollande, la Suisse, l'Italie, la Turquie et les Etats-Unis. L'Angleterre est pour nos draps un pays de transit et de vente ; la France est également un pays de transit, sauf pour quelques opérations qui se font dans l'entrepôt de Paris; car nos draps, prohibés dans ce pays, sont dirigés vers les Etats-Unis par le Havre, vers l'Orient, la Sardaigne et le Piémont par Marseille. Nous visitons peu l'Amérique du Sud.

En 1855, les exportations se sont accrues d'une manière sensible, surtout vers les Etats-Unis, quoique la plupart des draps y aient seulement été envoyés en consignation. Le travail ne manqua pas dans cette industrie, cependant la production fut moins abondante pour les draps et les tissus destinés aux classes ouvrières, principalement affectées par la crise alimentaire. Verviers, Ensival, Dison, travaillant surtout pour les classes moyennes, ne souffrirent donc aucunement de ce malaise, d'autant plus que l'accroissement de l'exportation compensa l'affaiblissement de la demande du marché intérieur. Ce qui peut prouver le grand développement de l'industrie drapière à cette époque, c'est que pendant la seule année 1855, il a été placé, dans l'arrondissement de Verviers, 12 machines à vapeur nouvelles, de la force de 156 chevaux.

Si les importations restent stationnaires, tandis que nos exportations augmentent, on doit attribuer ce fait à la bonne qualité de nos produits et à leur prix modique, qualités qui les font préférer à ceux de nos concurrents. Outre la Saxe, dont l'activité inspire quelques craintes à nos fabricants, nos principaux rivaux sont la France et l'Angleterre. La fabrication de l'Angleterre, concentrée surtout dans le Yorkshire, se fait remarquer par la solidité, le nerf, la force de résistance, plus que par une belle apparence; ses draps manquent de souplesse et de moëlleux; les nuances foncées et ternes s'y fabriquent bien, mais les couleurs n'ont ni vivacité ni variété. La France lui est de beaucoup supérieure par l'apprêt et le brillant, par l'apparence, par toutes les qualités extérieures, mais ses tissus offrent peu de résistance; sa supériorité est encore incontestable pour le teint solide, la clarté et la vivacité des couleurs.

En Belgique, la maison Biolley s'est acquis une immense réputation par ses draps moëlleux, par la finesse remarquable de ses tissus, et par un brillant ineffaçable: ses draps noirs sont surtout d'une teinture excellente et d'un apprêt parfait. La renommée de cette maison est consacrée par plus d'un siècle d'existence et de succès: aucune amélioration ne lui est restée étrangère; les machines, les procédés nouveaux ont été essayés, et même perfectionnés dans ses nombreux ateliers.

Les draps de M. Iwan Simonis sont tout aussi estimés pour le soyeux et le velouté du tissu, pour la solidité et l'éclat des couleurs. A côté de ces noms, il en faudrait encore citer une foule des plus remarquables, avantageusement connus sur tous les marchés, tels que ceux de MM. Rahlenbeck, à Daelhem; Hauzeur, Fr. Sirtaine, Pirenne et Duesberg, Doret, Voos, Olivier, à Verviers;

Bleyfuesz, à Dison; Marbaise, à Hodimont; Sauvage, à Francomont; Snoeck, à Herve; etc., etc.

Justice a été rendue à l'industrie drapière belge, à l'exposition universelle de Paris, en 1855. Chacun se rappelle encore l'ovation enthousiaste qui fut faite aux exposants verviétois, lorsqu'ils rapportèrent dans leur cité les glorieuses récompenses décernées à leur activité infatigable et à leur zèle intelligent. Bel et légitime succès, dont des milliers d'ouvriers eurent leur part, et qui vint couronner les résultats de vingt-cinq années de paix et de tranquillité, de persévérance et de travail, et qui prouva que l'industrie drapière, la plus ancienne du pays, n'a pas cessé de progresser, malgré les évènements politiques qui l'ont si souvent accablée et déplacée.

Voici la liste des récompenses accordées aux fabricants de draps de Verviers, par le jury de Paris : nous ne croyons pouvoir mieux terminer cet essai historique d'une branche de travail qui constitue un des plus beaux fleurons de la riche couronne industrielle de notre Patrie.

Grande médaille d'honneur, à la ville de Verviers.

Médaille de 1re classe, à la ville de Verviers, représentée par
MM. Wéber et Cie.

Biolley F. et fils, fabricants à Verviers.

Bleyfuesz F.-J. et fils, fabricants à Dison.

Doret V, fabricant à Verviers.

Dubois G. et Cie, fabricants à Verviers.

Simonis Iwan, fabricant à Verviers.

Sirtaine F., fabricant à Verviers.

Xhoffray O, Bruls et Cie, fabricants à Dolhain.

Médaille de 2ᵉ cl., à la commune de Dison, représentée par
MM. Wéber et Cⁱᵉ.

Marbaise père et fils, fabricants à Hodimont.

Rahlenbeck et Cⁱᵉ, fabricants à Daelhem.

Sauvage A.-J., fabricant à Francomont.

Voos J.-J., fabricant à Verviers.

Xhibitte L., fabricant à Charneux.

Mention honorable à MM. Olivier J. et Cⁱᵉ, fabricants à Verviers.

Enfin, les coopérateurs et les travailleurs de l'industrie lainière, dont les noms suivent, ont également obtenu des distinctions :

MÉDAILLE DE 1ʳᵉ CLASSE.

MM. Meunier H., à Verviers. (Fabrique F. Biolley et fils.)

Troisier-Didier, à Verviers. (Simonis Iwan.)

MÉDAILLE DE 2ᵉ CLASSE.

MM. Bodineaux J.-B., à Verviers. (Fab. de G.-J. Laoureux.)

Bolland Jacques, à Dison. (Bleyfuesz.)

Boniver Jean-Simon, à Verviers. (Biolley et fils.)

Bosson Thomas, à Verviers. (G.-J. Laoureux.)

Bruls Philippe, à Dolhain. (Filature Xhoffray.)

Crosset Nicolas-Jos., à Verviers. (Biolley et fils.)

Defawe J.-J., à Verviers. (G.-J. Laoureux.)

Flamand Gaspar, à Dison. (Bleyfuesz.)

Florence Jean-Laurent, à Verviers. (Biolley et fils.)

Houard Pierre, à Verviers. (G.-J. Laoureux.)

Lambotte H.-J., à Verviers. (Biolley et fils.)

Léonard Ch., à Verviers. (G.-J. Laoureux.)

MM. Martin Célestin, à Verviers. (Iw. Simonis.)

Michel J.-B., à Verviers. (Sirtaine.)

Petit Jean-François, à Verviers. (Simonis.)

Rahier Nicolas-Joseph , à Verviers. (Biolley et fils.)

Raskin, à Verviers. (G.-J. Laoureux.)

Stocquis Henri-Joseph-E., à Verviers. (Biolley et fils.)

Thimister M., à Hodimont. (Dehaye.)

Thys Henri, à Dison. (Bleyfuesz.)

Vieilvoye Gérard, à Verviers. (Sirtaine.)

MENTION HONORABLE.

Mme Augustaine M., née Bindel, à Verviers. (Sirtaine.)

MM. Barras Théodore, à Verviers. (Sirtaine.)

Basilier Hubert, à Verviers. (Biolley et fils.)

Mme Bastin Pétronille, à Verviers. (Sirtaine.)

MM. Defraiteur Pierre, à Verviers. (Biolley et fils.)

Delbushaye L., à Verviers. (Sirtaine.)

Destordeur M., à Verviers. (G.-J. Laoureux.)

Diet Jean-Henri, à Charneux. (Filature Xhibitte.)

Herman Math.-Jos., à Verviers. (Biolley et fils.)

Huberty Toussaint, à Verviers. (Simonis.)

Jodin J., à Verviers. (G.-J. Laoureux.)

Krins Jos., à Charneux. (Xhibitte.)

Lineé Antoine, à Charneux. (Xhibitte.)

Nissen Victor, à Verviers. (Biolley et fils.)

Rensonnet S., à Verviers. (Laoureux.)

Tasquin Ferd., à Verviers. (Biolley et fils.)

M. Bravoine donne le tableau de répartition suivant, de l'industrie drapière en 1838 :

VILLES ET VILLAGES.	FABRICANTS.	PIÈCES PRODUITES.	MACHINES A VAPEUR.	FORCE DES MACHINES.
Verviers	51	34,950	22	200 chevaux.
Hodimont . . .	25	9,250	7	52
Ensival et Francomont.	6	4,500	3	59
Pepinster, . . .	2	6,000	1	10
Dolhain-Limbourg .	4	3,950	2	24
Dison.	75	29,505	24	130
Petit-Rechain . .	25	4,880	1	4
Grand-Rechain . .	5	900	1	6
Chaîneux. . . .	8	2,550	1	14
Thimister. . . .	5	2,500	2	8
Herve.	5	3,800	3	24
Soiron	2	400	1	2
Wegnez	2	400		
Bilstain	1	500		
Liége, Herenthals .	1			
Daelhem, etc. . .	11	19,000	1	49
	195	122,285	73	562 chevaux.

FIN.